HISTOIRES INSOLITES DE NORMANDIE

De l'étrange au diabolique

Gendarmes, policiers, journalistes et témoins racontent

Jean-Paul Lefebvre-Filleau

HISTOIRES INSOLITES DE NORMANDIE

De l'étrange au diabolique

Gendarmes, policiers, journalistes et témoins racontent

OREP
EDITIONS

Avertissement

Si dans chaque commune et dans chaque hameau de Normandie tout le monde s'accorde à reconnaître l'existence de faits incroyables, allant de l'étrange au diabolique, il est presque toujours impossible de recueillir des preuves tangibles sur ce que les gens avancent. Il ne reste que les témoignages de personnes de bonne foi. Cependant, les événements qui sont narrés dans ce livre sont extraits de documents émanant de la gendarmerie, de la police, de la presse écrite ou de témoignages que j'ai pu recueillir. Au lecteur de faire siennes les paroles de Montaigne :
« C'est une sotte présomption d'aller dédaignant et condamnant pour faux ce qui ne nous semble pas vraisemblable. [...] J'en faisais ainsi autrefois ; et si j'oyais parler ou des esprits qui reviennent, ou du pronostic des choses futures, des enchantements, des sorcelleries, ou faire quelque autre conte où je ne pusse pas mordre, il me venait compassion du pauvre peuple abusé de ces folies. Et, à présent, je trouve que j'étais pour le moins autant à plaindre moi-même [...] »

Dans un souci de discrétion, les noms des personnages ont été changés, exceptés ceux qui sont entrés dans l'histoire, et les lieux où se sont déroulées ces histoires normandes insolites ou allant de l'étrange au diabolique ne sont pas toujours indiqués avec précision.

Jean-Paul Lefebvre-Filleau

01

La célèbre extra-lucide Marie-Anne Lenormand

Déjà dans le passé, une Normande se distinguait dans le domaine de l'incroyable...

L'histoire de Marie-Anne Lenormand, une Normande *bien de chez nous* comme son patronyme l'indique, est étonnante à plus d'un titre. Née en 1772 à Alençon (Orne) où son père était drapier, elle entra enfant à l'abbaye royale des Dames bénédictines de sa ville natale. Dès son plus jeune âge, elle s'y fit remarquer par son imagination et par son talent d'annoncer les événements futurs. À sept ans, elle s'amusait à prédire l'avenir aux sœurs et, lorsque l'abbesse du couvent dut être remplacée, la petite Marie-Anne déclara que ce serait une dame de Livardie que l'on nommerait à sa place. Cette prédiction se réalisa, à la surprise générale.
En 1787, pendant qu'elle tentait d'apprendre en ville le métier de couturière, elle tirait les cartes en toute discrétion. Ce fut le commencement de sa renommée.

Peu de temps avant le début de la Révolution, l'adolescente abandonna les dames bénédictines et la couture pour rejoindre Paris. Elle trouva un emploi de vendeuse dans un magasin de frivolités, rue Honoré-Chevalier, et reprit la voyance et la cartomancie. Un aristocrate amateur de jolies filles, Amerval de La Saussotte, la remarqua et s'empressa de lui offrir sa protection. Elle séjourna quelque temps auprès de lui, en qualité de *lectrice*. Mais, en pleine Terreur, en 1793, les révolutionnaires arrêtèrent son protecteur. Marie-Anne Lenormand réussit de justesse à s'enfuir, abandonnant de La Saussotte à son triste sort. Elle venait de prendre ses vingt et un ans.

La jeune femme se réfugia dans un meublé proche du Palais-Royal où elle fit la connaissance d'une habile tireuse de cartes, dame Gilbert, concubine d'un ouvrier boulanger peu recommandable nommé Flammermont. Ils s'associèrent. La belle Marie-Anne tirait les cartes en compagnie de la dame Gilbert. Quant à Flammermont, il distribuait des prospectus au public et vantait les talents de ses deux protégées. Au bout de quelques mois, son éducation professionnelle de cartomancienne était terminée. Se sentant capable de travailler seule, elle reprit sa liberté.

Marie-Anne Lenormand ouvrit un cabinet d'écrivain public en guise de couverture à ses activités illicites. Demeurant d'abord au 9 de la rue

de Tournon, elle s'installa rapidement au 5 car elle avait découvert, à l'aide d'un pendule, paraît-il, un passage secret reliant la cave du numéro 5 au réseau de galeries souterraines des anciennes carrières de la ville de Paris. Elle comprit alors l'avantage qu'elle pourrait tirer de son installation au numéro 5 de la rue de Tournon : pouvoir échapper aux révolutionnaires de tout poil, ainsi qu'aux recherches de la police. Elle resta à cette adresse près d'un demi-siècle pendant lequel elle reçut une nombreuse et fortunée clientèle. En quelques années, elle attira tout ce qui comptait dans la capitale. Elle accueillit des révolutionnaires, notamment Robespierre, Saint-Just et Marat, des généraux, leurs épouses ou leurs maîtresses, mais également des artistes comme le peintre David. Par la suite, elle se lia avec Joséphine Tascher de La Pagerie, comtesse de Beauharnais, la future impératrice des Français, qui ne put bientôt plus se passer d'elle. La duchesse d'Abrantès (1784-1838), dans ses mémoires, l'atteste :
« On connaît le goût ou plutôt la passion insensée de Joséphine pour les tireuses de cartes. Napoléon s'en est d'abord amusé, puis moqué et enfin il avait compris que rien n'était plus en opposition avec la majesté que ces petitesses d'esprit et de jugement des êtres si bas et si vils que vous rougissez de les admettre dans votre salon, même pour n'y faire que leur métier. Mais Joséphine, tout en promettant de ne plus faire venir Mademoiselle Lenormand,

l'admettait toujours chez elle, dans son intimité, et la comblait de présents. »
Dès lors, elle vit alors venir à elle les banquiers, les femmes du monde ou du demi-monde, les actrices célèbres, les hommes politiques et les bourgeois les plus en vue. Mais elle ne négligea pas le petit peuple, en particulier les domestiques, les valets et les prostituées bon marché. Cette catégorie ne payait presque rien à chaque consultation. En échange, ils lui procuraient des informations sur les grands de ce monde auprès desquels ils se trouvaient. Très habile, rusée et armée par une grande séduction, elle sut profiter de toutes les confidences qu'elle glanait auprès de ses nombreux consultants. Aussi, Joseph Fouché (1759-1820), ministre de la police de Napoléon Ier, comprit très tôt l'intérêt qu'il pourrait tirer des informations recueillies par l'extra-lucide et exerça sur elle un chantage permanent : elle devait lui transmettre ses *petits secrets* en échange de la poursuite de ses activités illicites, puisque dire la bonne (ou la mauvaise) aventure était un délit. Il est même probable que la soi-disant voyante et le ministre auraient été complices dans nombre d'intrigues de cour.
Elle subjugua tout son monde en usant de toutes les techniques de la divination, en innovant si besoin. Elle étudia les anciens grimoires, lut dans les lignes de la main ou le marc de café, consulta le plomb

fondu, le blanc d'œuf, les miroirs brisés, les résidus de combustion...

Son cabinet se trouvait au rez-de-chaussée de l'immeuble. L'entrée donnait sur la cour ; on y accédait par un perron de trois marches. Après l'antichambre apparaissait un salon orné de colonnades en stuc avec les bustes de Jupiter, Saturne, Mars et Mercure, également décoré d'un grand nombre de tableaux, parmi lesquels *Les Adieux de Louis XVI à sa famille* et un portrait en pied de la *Sibylle* de David. Les clients y attendaient leur tour avant d'être introduits, évidemment par ordre de préséance, dans la chambre à coucher où elle officiait. Une femme de chambre, complice rémunérée de la célèbre extra-lucide, observait d'une pièce voisine ce qui se passait dans le salon d'attente à l'aide d'une glace sans tain. Cette personne notait les bavardages susceptibles d'*éclairer* les dons de voyance de son employeur. Pendant ses séances, Anne-Marie Lenormand était assise dans un vaste fauteuil, devant une petite table sur laquelle étaient posés ses *ustensiles de travail* : jeux de cartes et de lames de tarot. La tête enroulée par un turban oriental, la *prophétesse* rendait ses oracles...

Son salon, un véritable capharnaüm de vases de porcelaine de grande valeur et de magnifiques bibelots offerts par ses riches clientes, reçut hommes politiques, banquiers, femmes du monde, actrices en vogue ; tous décidés à payer au prix le plus fort les révélations de la rouée Lenormand. Dans ses mémoires,

l'académicien Étienne de Jouy (1764-1846) raconte avec humour les visites faites par le Tout-Paris au cabinet de la célèbre voyante normande :
« Vingt équipages, plus brillants les uns que les autres, stationnaient dans la rue, faisant sa renommée. On était reçu par un valet de pied à qui l'on donnait son nom. Comme il y avait beaucoup de monde, ce n'était généralement qu'à la deuxième ou à la troisième visite qu'on obtenait séance. Pendant ce temps, Mademoiselle Lenormand avait le loisir de prendre quelques renseignements... et de mauvaises langues chuchotaient que sa "police" valait celle de Monsieur Fouché ! »
Isidore-Joséphin de La Porte, auteur des *Mémoires d'un valet de chambre fripon*, affirma avoir été à la fois au service de l'impératrice Joséphine et de Anne-Marie Lenormand. Touchant double paie, il racontait à la première ce qu'il avait vu et entendu chez la seconde et réciproquement. Il évoqua aussi les amants d'Anne-Marie, les relations privilégiées qu'elle entretenait avec Fouché et Talleyrand à qui elle fournissait des demi-mondaines dénommées *demoiselles de bouche*. La Porte révèle la toile d'espions qu'elle avait tissée sur toute la capitale : concierges, valets, courtisanes, cochers qui, moyennant finances, lui remettaient quotidiennement des renseignements susceptibles d'orienter ses *voyances*. Anne-Marie Lenormand était assurément une personne bien informée. Pour continuer en toute

tranquillité à exploiter un cabinet de voyance de cette importance, elle a obligatoirement été un agent de renseignements de la police de Fouché. Un rapport de police dit que « Mademoiselle Lenormand, se disant cousine de Charlotte Corday, habitant rue de Tournon, tenant un bureau d'écrivain public pour couvrir ses manœuvres, fait métier de tireuse de cartes. Les imbéciles de première classe vont la consulter en voiture ; les femmes surtout y affluent. J'ai entendu faire des plaintes en escroquerie à son sujet : on assure que la femme du premier capitaine de la gendarmerie d'élite y a été "faite" de plus de 4 000 francs depuis dix-huit mois ; cette femme faisait tellement de dettes à l'insu de son mari qu'elle est morte de chagrin en quatre jours. On a porté plainte au général Savary », ce dernier étant le commandant de la gendarmerie impériale.

Les mémoires d'Anne-Marie Lenormand, en trois volumes, comportent de piquantes anecdotes sur tous les hommes qui ont gouverné la France de son époque. Elle en a effectivement reçu beaucoup à son domicile. Elle conseilla Fouché, Barras, Madame de Staël, Talleyrand, Talma et l'impératrice Joséphine. Du terrible Robespierre, elle écrivit : « J'ai vu de bien près le farouche Maximilien et j'ai pu le juger, livré à lui-même. C'était un homme sans caractère. Superstitieux à l'excès, il se croyait envoyé par le Ciel pour coopérer à une entière régénération de la société. Je l'ai vu, en me consultant, fermer les yeux

pour toucher les cartes, frissonner même à la vue d'un neuf de pique... J'ai fait trembler ce monstre, mais peu s'en fallut que je ne devinsse sa victime. »
Elle eut en effet quelques ennuis : d'abord, en 1793, ou un client mécontent, un conventionnel, la fit incarcérer à la prison de Saint-Martin pour charlatanisme ; ensuite, le 17 juin 1794, où elle fut enfermée à la prison de la Force pour s'être abouchée avec *les ennemis du peuple* ; enfin, en 1809, peu de jours avant la séparation des époux impériaux, elle contacta secrètement l'impératrice, malgré l'interdiction de Napoléon qui redoutait l'influence néfaste de la cartomancienne. Il la fit emprisonner et donna l'ordre de la remettre en liberté qu'après le divorce. Voici ce qu'en dit la Lenormand, dans ses mémoires :
« Le 11 décembre 1809, le commissaire, accompagné de quatre agents de police, perquisitionna rue de Tournon : il emporta les jeux de cartes, les tarots, les baguettes, les cartons, les dossiers et les fiches des clients. Arrivée à la Préfecture de police, ce fut le préfet en personne qui interrogea la suspecte :
— Mademoiselle, vous qui prétendez prédire l'avenir, vous auriez bien pu prévoir ce qui vous arrive ce matin !
— Je le savais, monsieur le préfet. Mon horoscope se trouve dans l'un des cartons que vous avez saisis chez moi. Vous pouvez vous en assurer.

Le préfet fit rechercher le carton en question, brisa les scellés et lut l'horoscope : l'arrestation était effectivement décrite sans aucune ambiguïté. »
La rédaction de son arrestation par la police de Napoléon, faite plus de quinze années plus tard et lui accordant un beau rôle, ne fut jamais confirmée par un témoin...
Sous la Restauration, le retour des émigrés renforça son prestige. Saluée comme la plus grande voyante de tous les temps, elle exerça ses activités dans toutes les villes d'Europe. Talleyrand et Fouché, ayant su *prendre le vent,* continuèrent à exploiter ses secrets. Elle eut néanmoins, en 1818, de nouveaux ennuis avec la justice, cette fois-ci la justice belge qui la poursuivit pour escroquerie et s'en sortit avec seulement 15 francs (2,50 euros) d'amende pour exercice illégal du métier de devin. Elle fut interpellée, en 1821, à Louvain pour « détention d'une loupe magique, d'une flèche des Abacts et autres talismans de sorcière ». Elle écopa d'un an d'emprisonnement ferme, mais la condamnation fut annulée par la Cour suprême de Bruxelles.
Vers la fin de sa carrière, ses yeux avaient toujours une extraordinaire vivacité qui frappait ses visiteurs. Saluée comme la plus grande voyante de tous les temps, elle exerça son art à Vienne, Genève, Venise, et même à Saint-Pétersbourg. Très sûre d'elle, elle déclara qu'elle mourrait en 1896, à l'âge de cent vingt-quatre ans. En fait, elle mourut le 25 juin 1843,

à soixante et onze ans, ayant confessé ses péchés et abjuré ses pratiques de cartomancienne. Ses obsèques, à l'église Saint-Jacques-du-Haut-Pas, furent grandioses : la nef était toute tendue de blanc, des pleureuses portaient des cierges, quatre chevaux caparaçonnés tiraient le corbillard. La célèbre Marie-Anne Lenormand fut inhumée au cimetière du Père-Lachaise, où l'on peut encore y voir sa tombe. Elle légua ses biens estimés à la somme colossale d'un million de francs (montant important pour l'époque, soit près de 152 450 euros) à l'un de ses neveux, Michel-Alexandre Hugo (sans parenté avec le poète), officier de l'armée d'Afrique.

Aujourd'hui, elle est entrée dans l'histoire. En effet, son *Grand jeu de société et pratiques secrètes* parut deux années après sa mort en cinq volumes, agrémenté d'un jeu de cinquante-quatre cartes, actuellement un classique de la cartomancie dans toute l'Europe, parfois présenté comme un jeu de tarot. Son appellation actuelle est le *Grand jeu de Mademoiselle Lenormand*…

02

L'affaire Alexandre Lejeune

La guerre de 1870-1871, déclarée imprudemment par Napoléon III contre les États allemands dirigés par la Prusse de Bismarck (l'unité allemande n'était pas encore réalisée), a laissé un très mauvais souvenir à la commune de Saint-Martin-des-Besaces (Calvados). En effet, elle lui a pris un de ses enfants, un véritable héros, dans des circonstances bien malheureuses. Voici comment.

Le front avait été enfoncé par les Allemands, après la défaite de Sedan, le 2 septembre 1870. Pourtant, le maréchal Edmond Lebœuf (1809-1888) avait déclaré, avant que le conflit n'eut démarré, qu'il ne manquait pas un bouton de guêtre à nos soldats. En réalité, l'armée ennemie était très supérieure à l'armée française : elle comptait cinq cents mille soldats et la nôtre deux cents mille. De plus, l'artillerie ennemie était supérieure. Seul notre fusil, le Chassepot, était une arme de qualité. Enfin, une discipline exemplaire régnait dans les rangs de l'adversaire alors que les unités de l'armée française faisaient preuve du plus grand désordre.

À la nouvelle du désastre de Sedan, deux jours plus tard, à Paris, le corps législatif fut envahi par la foule et la République proclamée à l'hôtel de ville. Le Second Empire venait de s'écrouler. Un gouvernement provisoire, le Gouvernement de la Défense nationale, décida de mettre sur pied de nouvelles armées et de poursuivre la lutte. La situation n'était pas brillante : le 18 septembre, une armée allemande arrivait devant Paris et l'encerclait progressivement, tandis qu'une autre débordait la capitale et fonçait vers l'ouest.

Le mois de janvier 1871, très rigoureux, gelait les hommes et les bêtes jusqu'aux os. Depuis deux jours, les gardes nationaux mobiles du Calvados étaient en retraite. Dans un violent combat à la baïonnette, ils avaient néanmoins repoussé des Allemands qui, tellement surpris, hurlaient comme des bêtes égorgées. Puis, toute la journée, ils avaient marché sur des routes défoncées qui suffisaient à peine à écouler les maigres convois d'artillerie ou les lentes charrettes chargées de blessés.

Les hommes du détachement dans lequel faisait partie Alexandre Lejeune avaient une faim de loup. La terre était gelée, la nuit, claire d'abord, s'était ensuite assombrie et quelques flocons de neige commençaient à fondre dans les moustaches de ces valeureux mobiles. Le sergent commandant le détachement, après avoir échangé quelques mots avec un soldat envoyé par le capitaine, donna l'ordre de former les faisceaux. Les ordres étaient simples : attendre la distribution de nourriture et l'autorisation de faire du feu dans un emplacement dérobé aux vues de l'ennemi.

La découverte d'un vallonnement permit de s'installer... confortablement sous la tente du ciel... Dès lors, le sergent organisa les corvées de bivouac et plaça lui-même ses sentinelles ; l'une d'elles, la plus en avant, se tenait à trois cents pas, à la corne d'un bois qui bordait la route. Puis, il appela Alexandre Lejeune, son soldat de confiance, un gaillard qui n'avait pas son pareil pour flairer à deux cents mètres l'odeur d'une bonne soupe ou d'un bol de café. Après lui avoir donné deux belles pièces de cent sous, il lui dit :

— Alexandre ! Va fouiner par là et tâche de nous apporter du pain et un gros morceau de lard ; c'est plus sûr que d'attendre la distribution !

Lesté de l'argent du sergent, Alexandre s'enfonça dans la nuit, à la recherche d'une ferme au garde-manger bien garni.

La neige tombait toujours, en flocons clairsemés fort heureusement, et qui mouraient avec un petit cri au contact des tisons. Groupés autour de trois feux, les hommes serrés dans leurs peaux de mouton, assis sur des branchages, dormaient la tête aux genoux, grillant d'un côté et gelant de l'autre. Déjà

des coqs matinaux chantaient au loin et la distribution de vivres n'arrivait pas. Il fallait s'y attendre...
Les hommes, éveillés par le froid, bougonnaient en se retournant, puis las de fouiller cette obscurité où rien ne se devinait que la chute incessante de la neige.
Soudain, ils entendirent une voix qui beuglait :
— Debout là-dedans ! Aux marmites !
C'était Alexandre qui revenait chargé comme un baudet. Des bidons alourdis lui battaient les flancs ; il avait également un pain de douze livres sous le bras et il tira de sa musette pleine à craquer trois morceaux de lard, gras à souhait.
— Les gars, à vous de faire la soupe, j'en ai plein les bottes !
Aussitôt dit, aussitôt fait, des marmites pleines d'eau furent posées sur deux gros cailloux, pendant que Lejeune, allongé sur le sol, près du feu, séchait à la flamme ses brodequins et ses guêtres.
Au moment où personne ne s'y attendait, un coup de feu isolé se fit entendre du côté des sentinelles, puis toute une fusillade.
— J'y vais ! cria Alexandre.
Sa fatigue oubliée, il courait vers le boqueteau quand il croisa, en route, les sentinelles qui se repliaient :
— Les Prussiens ! Ils avancent sur la route !
— Ce n'est pas une raison pour se débiner si vite ! répliqua Alexandre. Il faut que je voie ça de plus près. Dites aux autres de ramasser les gamelles et le lard. Gardez-moi ma part !

Tout d'un coup : Pan ! Pan ! Voilà que maintenant les Boches tirent au hasard. Les flammes qui sortent de leurs fusils indiquent qu'ils ne sont pas très loin. Dès lors, Alexandre décida de revenir discrètement sur l'arrière.

Revenant vers le campement de fortune de ses camarades, le soldat Lejeune constata que les trois marmites étaient toujours debout.

— Les boches, goulus comme personne, vont être attrapés en soulevant le couvercle.

Alexandre le souleva pour vérifier le contenu du récipient :

— Quels abrutis ! Pressés de foutre le camp, ils ont laissé le lard ! Alors quoi, ils veulent régaler les Pruscos ! Pas de ça, Lisette !

En trois coups de baïonnette, les trois morceaux de lard avaient réintégré la musette du garde national mobile qui, avant de partir, prit soin de recouvrir les marmites et d'enfoncer une poignée de bois sous chacune d'elles.

Maintenant, Lejeune décida de se placer en embuscade et d'attendre le premier *vert-de-gris*. À un certain moment, en voilà un qui déboucha, illuminé par le feu des marmites, plié en deux et avançant prudemment, pas très rassuré. Ils furent rapidement une quinzaine qui tournaient en pleine lumière vers l'aubaine inespérée et débitaient un charabia incompréhensible. Avant même qu'ils aient pu apprécier le contenu des marmites, Alexandre, à genoux à

cinquante mètres à peine, se souvenant de ses nuits d'affût de chasseur invétéré, tira dans le tas. Un soldat allemand tomba ! Le tireur redoubla avant que les éclaireurs allemands soient revenus de leur surprise. Deux autres étaient touchés à mort. Les autres se déployaient et ripostaient à l'aveuglette.
Alexandre voulut leur faire croire qu'il n'était pas seul. Aussi, il se déplaçait et tirait à des endroits différents. L'ennemi répondit mais n'avança plus. Tout d'un coup, le mobile aperçut, sur la route, une haute silhouette de cavalier gesticulant, un officier certainement. Pan ! Le Français le tira comme une pipe à la foire. L'homme tomba lourdement et se firent entendre aussitôt, sur une chaussée gelée, les quatre fers d'un cheval au galop.
« Il serait sage de déguerpir », pensa Alexandre, qui était néanmoins fier d'avoir soutenu tout seul une bataille. Il se retire maintenant à grande allure, l'arme à la bretelle, en ayant soin de se retourner souvent car, le jour venu, les patrouilles de uhlans sont particulièrement redoutables.
Quand il arriva dans le bourg où il devait retrouver sa compagnie, celle-ci était déjà partie. Alors qu'une maison était en feu et que des gens s'évertuaient à éteindre l'incendie, il voulut leur prêter main-forte. Ce fut à cet instant qu'un gendarme surgit devant lui et lui dit :
— Où allez-vous ?
— Je rejoins ma compagnie, la 3e du 2.

— Vous n'en avez pas l'air… D'où venez-vous ?

— De par là, comme vous voyez ; je me suis trouvé un peu en arrière.

— Vous n'avez pas perdu votre temps !

Et le gendarme lui montra du doigt la musette rebondie et les bidons en bandoulière qui tiraient dur sur leurs courroies.

— Donnez-moi votre fusil et marchez devant ! Votre compte est bon !

Et comme l'infortuné soldat voulait s'expliquer :

— Gardez votre salive ! Vous en aurez besoin tout à l'heure !

À la sortie du village, un autre gendarme tenait deux chevaux par la bride. Le pauvre *mobile* fut allégé de sa musette et de ses bidons, puis marcha bien sagement au milieu de la route pendant que les deux pandores le serraient de près avec leurs montures. Fort heureusement ou malheureusement, aucun ennemi se montra.

« C'est vraiment une sale histoire », songeait Alexandre. Il se réconforta en pensant qu'il n'avait rien fait de mal et qu'il pourrait s'expliquer. Il espérait même retrouver ses camarades et le sergent qui, d'un mot, le tirerait d'affaire.

Les trois hommes tombèrent sur une barricade tenue par quelques soldats. Hélas, aucun de ses camarades n'était parmi eux.

Un kilomètre plus loin, les deux gendarmes et leur prisonnier pénétrèrent dans la mairie du village où trônait six officiers dont un commandant. En deux mots, le gendarme qui avait interpellé Alexandre fit son rapport, qu'il termina en exposant l'affaire : un traînard surpris au moment où il revenait de la maraude, chargé d'un copieux butin. Il déposa sur la table les deux bidons et la musette.

— Qu'avez-vous à répondre ? demanda un capitaine. Faites vite !

Le garde national mobile Alexandre Lejeune raconta son histoire, n'omettant aucun détail pour démontrer sa sincérité : les vivres qui n'étaient pas arrivés, la mission que lui avait confiée le sergent, son retour, sa bataille autour des marmites, sa retraite et la rencontre du premier gendarme. Quand il eut terminé, le capitaine consulta ses voisins et tira froidement une conclusion :

— Évidemment, ce n'est pas mal imaginé, mais ça ne prend pas. Vous avez méconnu les règles essentielles de la discipline, vous vous êtes rendu coupable d'abandon de poste et de pillage. Vous serez puni pour l'exemple et parce qu'il faut en finir avec ces mauvais soldats qui sont la honte de notre armée. Gendarmes, emmenez-le : il sera passé par les armes !

Pendant une longue seconde, le malheureux Alexandre fut anéanti... Alors il ne reverrait plus Saint-Martin, sa mère, ses copains ?... Et tout cela parce qu'il avait fait son devoir ! Cette pensée lui fit relever la tête et, sans un tremblement dans la voix, rectifiant la position, il regarda ses juges :

— Mon capitaine, sauf le respect que je vous dois, vous faites erreur en ne me croyant pas et vous vous trompez gravement en me condamnant. Je demande qu'on entende mes chefs : elle ne doit pas être tellement loin, la 3e compagnie !

— Gendarmes, qu'attendez-vous pour emmener le condamné ? répliqua le capitaine.

Le commandant de la 3e compagnie fut entendu, mais bien trop tard ! Alexandre Lejeune, ce héros de la guerre de 1870, était tombé sous les balles d'un peloton d'exécution français...

Quand un prisonnier allemand raconta que sa colonne avait rencontré une vive résistance et subi des pertes non négligeables dont un major, juste à l'endroit où s'était illustré feu Alexandre Lejeune, les officiers de ce conseil de guerre en campagne comprirent leur erreur. Le brave *moblo* fut réhabilité et décoré à titre posthume, mais cela ne réconforta pas pour autant sa famille.

03

Les trésors cachés

De nombreux Français, armés d'un détecteur de métaux, de cartes d'état-major et de matériels divers, traquent le butin enfoui dans les terroirs riches de légendes. Ces chercheurs infatigables rôdent au pied des ruines, espérant déterrer des cassettes pleines de bijoux.

En Normandie, il n'y a pas un village où la tradition n'indique l'existence d'un trésor supposé. Mais, jadis, les anciens disaient que « tous les trésors étaient gardés par des esprits malins, des démons, des nains ou des fées. Malheur à celui qui porterait la main sur un trésor enfoui ! Il mourrait sans rémission dans l'année ! » Par exemple, dans la Manche, on croyait que les « Goublins » étaient préposés à la garde des trésors. Alors, quand on soupçonnait la dissimulation d'un magot, ceux qui étaient inquiets du salut de leur corps ou de leur âme allaient consulter un prêtre parce que son ministère lui donnait le droit de subtiliser à Satan toutes ses richesses. Si l'ecclésiastique ne voulait pas répondre à cette demande, le paysan normand s'adressait au sorcier du coin, en lui promettant une récompense...

Les contes populaires ne freinent pas pour autant l'activité des chercheurs de trésors dont le nombre est estimé, en France, à soixante-dix mille. Déjà, depuis le XIXe siècle, des découvertes ont eu lieu dans la province normande.

En 1820, à Barneville (Eure), un maçon, qui dressait les fondations d'un fourneau à briques, tomba sur un coffre contenant des dentelles et sur un chaudron plein de pièces d'or. La légende dit qu'à la suite de sa trouvaille, l'ouvrier fut pris d'une fièvre occasionnée par la frayeur que lui causait l'idée qu'il n'avait pu s'emparer des valeurs sans devenir la proie du diable. Le malheureux mourut en quelques jours... En 1828, dans la lande de Cartot, près de Lessay (Manche), un petit four en glaise livra un grand nombre d'objets d'origine gauloise en métaux précieux.

Le 21 mars 1830, à Berthouville, près de Bernay (Eure), un cultivateur, qui retournait son champ, trouva environ soixante-dix objets en argent : vases, patères, figurines, etc.

À la fin de l'année 1830, près de Bayeux (Calvados), on dénicha huit cents pièces de monnaies frappées en France par les Anglais, vers 1430. Ce n'est pas surprenant : la ville fut occupée par l'armée du roi d'Angleterre pratiquement tout au long de la guerre de Cent Ans (1337-1450).

Le 11 mars 1954, des louveteaux qui jouaient à la découverte d'un trésor-nature (fleurs, bourgeons, etc.) dans les bois qui surplombent l'abbaye de Saint-Wandrille (Seine-Maritime) découvrirent une véritable fortune ! Ce monastère, fondé en 649, a connu trois périodes importantes dans son histoire : les invasions vikings, huguenotes et la Révolution française. En 1790, les moines qui occupaient l'abbaye durent quitter les lieux. Ce n'est que le 13 février 1894 que des bénédictins retournèrent à Saint-Wandrille. Un autre événement vint, bien plus tard, réveiller la troisième période de l'histoire de cette abbaye : lorsque les enfants mentionnés précédemment mirent, par hasard, la main sur une belle quantité de pièces d'or ! En voici, en gros, les circonstances.

À proximité de la chapelle Saint-Saturnin, l'attention d'un garçon fut attirée par une petite cavité dans la maçonnerie de l'enceinte de clôture de l'abbaye. Les enfants lancèrent alors l'idée de trouver un vrai trésor. Tous cherchèrent d'autres trous et scrutèrent le mur de clôture. L'un d'eux remarqua une pierre qui portait une inscription mystérieuse. Il la descella et aperçut un pot en terre cuite, d'une hauteur de quatorze centimètres, recouvert d'une feuille de plomb. L'intérieur était rempli de pièces d'or. Joyeux, les louveteaux inspectèrent minutieusement le mur. À nouveau, deux enfants signalèrent une nouvelle pierre marquée d'un signe. Celle-ci fut

aussitôt dégagée. À l'intérieur du trou apparut un pot identique qui contenait également des pièces d'or. Les investigations se poursuivirent. Une troisième cache fut trouvée avec un pot semblable aux deux autres et rempli de pièces. En tout, cinq cent un louis d'or dont la vente rapporta 3 310 000 francs (504 600 euros) partagés en deux parts égales, l'une pour les louveteaux, l'autre pour les moines !...
Qui avait caché les louis d'or ? Les dates portées sur les pièces constituent un élément intéressant. La pièce la plus ancienne est de 1726. Les autres s'échelonnent régulièrement jusqu'en 1748. On a l'impression d'un fonds de réserve de l'abbaye constitué par des donations ou acquisitions successives, peut-être annuelles, de pièces. Les inscriptions sur les pierres sont également dignes d'intérêt. Elles démontrent en effet la volonté de celui qui les a tracées de retrouver l'emplacement des cachettes, après une longue période. Il est à noter que les louis d'or ne figurent ni dans l'inventaire de l'abbaye, ni dans les comptes dressés, en 1790, par les officiers municipaux de Saint- Wandrille. Par ailleurs, aucun document n'a été découvert, depuis 1954, pour éclairer ce mystère. De nos jours, les bénédictins croient qu'un moine de leur monastère, au début de la Révolution, a voulu soustraire l'argent liquide de leur communauté de l'avidité du nouveau régime. C'est l'avis du révérend père Joseph Thiron, rapporté directement à l'auteur du présent ouvrage.

Il y a les trésors qui ont été découverts et ceux qui attendent qu'on veuille bien s'occuper d'eux. D'après les spécialistes, de nombreux trésors sont encore à rechercher en Normandie.
Le vrai chasseur de butins est celui qui s'obstine pendant des années sur un mystère, une énigme historique ou un secret de famille. Il doit lire tout ce qui a été écrit sur le sujet, sans omettre surtout les traditions locales et les légendes. De quoi occuper les fanatiques de mystères et d'aventures en tout genre.
Les historiens savent que les Anglais ont enfoui leurs richesses en terre normande quand, sous Charles VII (1403-1461), roi de France de 1422 à sa mort, ils furent progressivement forcés d'évacuer la province, après la victoire française de Formigny (Calvados), le 15 avril 1450. La découverte de 1830, près de Bayeux, en est la preuve.
Ainsi, dans l'Eure, de nombreux lieux restent encore à prospecter. À Toutainville, près de la rue Glatigny, la tradition indique que des monceaux d'or ont été entreposés par les Anglais dans des souterrains rendus invisibles. Il y aurait aussi, à Foulbec, un immense trésor enfoui par les Anglais sur une côte nommée « Les Grandes Bruyères ». En Seine-Maritime, à l'entrée de la forêt de Brotonne, « La butte à l'Écuyer » contiendrait un trésor. À Tourville-la-Rivière, au hameau de Pincheloup, il existe un lieu dénommé « La fosse au Trésor ». Avant la Révolution, des soldats de la garnison de

Pont-Audemer y avaient fait des fouilles. Personne ne sait aujourd'hui si elles ont abouti...

À Orival, près de Colleville, tout proche de Fécamp, des grottes dissimuleraient plusieurs trésors. Au XVIIIe siècle, le lieu était considéré comme maléfique. Pour conjurer le mauvais sort, les gens s'y rendaient en procession, à certaines époques de l'année. La légende dit qu'au moment de pénétrer dans les grottes, la Sainte Bannière était retenue par une main invisible. Ni l'eau bénite, dont les officiants aspergeaient avec profusion les parois du souterrain, ni les chants religieux n'avaient le pouvoir de déjouer le phénomène...

Sur le versant de la côte de la Vierge, à Fécamp, une excavation se nomme « Le trou à la Monnaie », appellation qui permet de penser qu'il y aurait quelque chose à encaisser...

Près d'Yport, dans le fond d'une valleuse, des canons remplis d'or et d'argent seraient à déterrer. À Saint-Jouin-Bruneval, des canons seraient enfouis près de l'église, également chargés d'or et d'argent.

Les moines de l'abbaye de Jumièges auraient rassemblé une rançon pour obtenir la libération du roi Louis XVI. À l'instar du trésor de Saint-Wandrille, le magot dort-il encore dans les ruines de l'abbaye, en attendant que de chanceux louveteaux mettent la main dessus ?

Claude Annebault (1495-1552), amiral de France sous François Ier et Henri II, aurait caché son

trésor dans les vestiges de son château d'Appeville-Annebault (Eure).
Dans le Calvados, à Noron-l'Abbaye, sous la chapelle, un tonneau renfermerait des pièces d'or. À Ryes, des fouilles ont été réalisées au début du siècle dernier, à proximité de l'église et de l'ancien château, afin d'exhumer le trésor des seigneurs du lieu.
La Révolution française a ouvert aux chercheurs une nouvelle mine féconde. Il est vrai que beaucoup de nobles émigrés ont dissimulé ici ou là ce qu'ils n'ont pu emporter en exil.
Cette liste des trésors normands n'est pas exhaustive. Il convient, cependant, de clore le sujet en abordant l'énigme du trésor des Templiers. Les chevaliers du Temple, prévenus de leur arrestation imminente, auraient-ils, la veille du 13 octobre 1307, transféré de Paris le trésor de leur maison-mère au château de Gisors (Eure) ?
Depuis les années soixante, le nom de Gisors est sur les lèvres de ceux qui se passionnent pour l'histoire des Templiers. Cette petite ville, sur les bords de l'Epte, se réjouit, à juste titre, de posséder l'un des plus beaux châteaux forts du haut Moyen Âge.
En 1946, le gardien de l'édifice, M. Roger Lhomoy, avait procédé à des fouilles clandestines. Au bout de deux années, il rencontra une chapelle romane en pierre de Louveciennes enfouie sous la motte du donjon et annonça fièrement :

« J'ai trouvé une grande crypte gothique de trente mètres sur huit qui contient douze statues, dix-neuf sarcophages et trente coffres de fer cadenassés. »
Informées, les autorités qualifiées ne semblèrent pas s'intéresser à cette fantastique découverte ! Elles se contentèrent de combler l'étroite galerie d'accès que le gardien avait creusée. Roger Lhomoy quitta ses fonctions. L'affaire allait rebondir plus tard.
Pour comprendre le sensationnel événement, le lecteur doit savoir que l'histoire du château de Gisors est liée à celle de l'ordre des chevaliers du Temple. En effet, ce fut le Templier Robert de Bellême (1057-1130), grand seigneur normand, qui dressa les plans du château et en dirigea la construction pour le compte des rois d'Angleterre.
En 1959, M. Lhomoy raconta son aventure au journaliste Gérard de Sède. Grâce à sa description de la crypte, l'homme de presse retrouva celle de Gisors sur une gravure anglaise conservée à la bibliothèque des Arts décoratifs, à Paris. Pour qu'il y eût supercherie, il aurait fallu que l'ancien gardien eût auparavant vu la gravure !...
À la suite de ses recherches, Gérard de Sède rédigea son livre *Les Templiers sont parmi nous*. Cet ouvrage fit connaître au public *l'affaire de Gisors*.
D'aucuns affirmèrent que Roger Lhomoy était un mythomane. D'autres estimèrent qu'on cherchait délibérément à étouffer l'heureuse trouvaille.

Suite au tapage provoqué par les médias, André Malraux, ministre d'État chargé des Affaires culturelles, ordonna l'ouverture d'une campagne de fouilles qui s'acheva, sans succès, en janvier 1963, malgré les informations données par Lhomoy. Près de dix-sept ans après sa découverte, ce dernier s'était-il trompé d'endroit ? Le dossier fut clos.

Six ans plus tard, le 10 mai 1970, deux ouvriers, qui creusaient une tranchée à Gisors, accrochèrent leurs outils à un grand bassin de bronze contenant, cette fois-ci, un trésor inestimable : 11 359 pièces de monnaies anciennes. Les experts affirmèrent que la plupart des pièces dataient du XIIe siècle, donc de l'époque où le château était occupé par les Templiers. Achetées pour plusieurs millions de francs (ou milliers d'euros) par l'État, ces pièces sont exposées au cabinet des médailles de la Bibliothèque nationale.

En 1976, année de la mort de M. Lhomoy, on mit au jour une crypte de six mètres sur cinq, ainsi que vingt-cinq mètres de souterrains orientés vers le donjon du château.

Aujourd'hui, l'immense réseau de galeries qui s'étend sous la ville reste encore inviolé. Avis aux amateurs !

04

Le sorcier des marécages

La presqu'île du Cotentin appartient au Massif armoricain, mais ses paysages sont normands. Un coup de vent, un coin de haie, un sommet de côte, et la lande bretonne cède la place aux bocages où vaches et chevaux paissent l'herbe grasse.
Large de six kilomètres et profonde de huit, la baie des Veys sépare les départements du Calvados et de la Manche. Jadis, deux gués, qui s'appelaient les « Veys », permettaient de passer, sans se mouiller les pieds, du bocage du Bessin à celui du Cotentin en traversant les marécages de la plaine de Carentan. La baie des Veys est un large estuaire bordé de plages et de vasières où se jettent les quatre grandes rivières qui drainent les marais du Cotentin et du Bessin : la Douve, la Taute, la Vire et l'Aure. Elle constitue aussi une zone humide particulièrement importante pour les oiseaux. Enserrés de polders, les bancs de sable et les étendues de vases fournissent aux oiseaux la nourriture qui leur est nécessaire l'hiver. Dès lors, des milliers de canards et de limicoles séjournent dans cette baie par grand froid.

Dans les années cinquante, un vieillard du cru, qui passait pour un sorcier, un mage ou un guérisseur, aimait se promener en barque dans ces immenses marais. De nombreuses personnes venaient le consulter. Ce fut le cas, notamment, d'une jeune femme récemment enceinte, Marcelle Rateau. Le père de l'enfant l'avait abandonnée. À cette époque, une grossesse illégitime était une catastrophe. Marcelle comptait sur le Père Adeline pour la sortir de ce mauvais pas. Celui-ci avait la réputation de guérir par son fluide cette *maladie*.

Un jour du mois de mai 1952, Mme Rateau se présenta au logis du mage, une masure au toit de chaume située en bordure des marais de Carentan. Le Père Adeline habitait en effet une vieille maison en torchis, véritable relique des chaumières d'autrefois, avec une cheminée dans laquelle chauffait en permanence un chaudron d'apparence douteuse.

Assis dans un fauteuil délabré, le vieil homme préparait des anguilles pour son fumoir. Avec des gestes précis, il vidait les poissons et les farcissait d'herbes. Sans même regarder Marcelle qui venait de franchir le seuil de sa porte, il l'invita à prendre place sur un vieux banc, près de l'âtre pendant qu'il finissait sa besogne.

Quand la dernière anguille fut apprêtée, il se leva et regarda, sans rien dire, celle qui était venue troubler sa tranquillité. De sa voix grave aux intonations normandes, il lui proposa de se rendre à la veillée des marais, avant l'arrivée de la nuit. La visiteuse s'étonna de ce qu'il ne lui posât aucune question, comme s'il lisait dans ses pensées. Le Père Adeline prit son chapeau à larges bords, saisit un bâton noueux et la pria de le suivre.

Parvenu au bord du marais, il détacha sa barque à fond plat et aida la jeune désespérée à s'y installer. Debout, il maniait la perche avec sûreté. L'embarcation glissait silencieusement sur l'onde brune. Au bout de quelques minutes, plus rien ne rappelait le monde moderne. Quelques canards et des mouettes peuplaient cet univers d'eau et de frêle végétation.

La barque bifurqua vers un plan d'eau plus vaste. Soudain, au détour d'une berge plus escarpée, apparut une petite chaumière. Au couchant, l'esquif aborda la rive et se positionna à côté d'autres barques. Un soleil rouge embrasait le site. Souple comme un acrobate, le Père Adeline bondit sur l'herbe, suivi de sa passagère.

Une dizaine de personnes assemblées dans la pièce principale de la maisonnette les accueillirent avec chaleur. Des femmes couvertes d'un foulard embrassèrent les mains du Père Adeline. Des hommes le saluèrent d'un mouvement de tête. Trois malades, qui étaient couchés, attendaient impatiemment que le guérisseur les bénît et traçât sur leur front des signes dont lui seul connaissait la signification. Ensuite, tout le monde s'attabla et déballa des victuailles qui furent mangées en écoutant le *sorcier* qui, debout, contait des histoires étranges. Le visage transfiguré, il parlait d'une voix harmonieuse.

Tout en étant fascinée par cette insolite réunion, Marcelle observait ces gens d'origine modeste qui buvaient les paroles de leur gourou. Sans comprendre un mot du discours du vieil homme, elle partageait la ferveur de l'assemblée.

À un moment donné, son regard croisa celui d'Adeline. Il brandit alors son bâton dans la direction de la jeune femme qui, par enchantement, comprit tout ce qu'il avait dit auparavant... Avec des mots imagés, il évoqua les pouvoirs extraordinaires des fées des marais. Ses récits remontaient jusqu'aux plus lointaines origines du terroir. Le Père Adeline fascinait son auditoire de ses yeux d'un bleu lumineux. Tous étaient entrés dans un état mystique profond.

À minuit passé, le sorcier leva son sceptre magique et l'assistance se prosterna devant lui. Alors, il commença à psalmodier des prières en langue gaélique, pendant de longues minutes. Puis, en conclusion de la cérémonie, il donna sa bénédiction avec solennité en imposant ses mains sur chaque personne.

Marcelle rejoignit joyeusement son domicile cette nuit-là. Elle avait la conviction d'avoir vécu un événement grandiose. Elle était intimement convaincue que ce *prêtre*, d'une religion qu'elle ne connaissait pas, avait intercédé en sa faveur auprès d'entités mystérieuses. Effectivement, une semaine plus tard, elle n'était plus enceinte. D'après elle, cela s'était passé naturellement, avec bien sûr l'aide du vieillard. Tout au moins, c'est ce qu'elle affirma à ses parents. Ces derniers ne la contredirent pas, de peur que cette histoire ne vînt aux oreilles des gendarmes...

Le Père Adeline mourut trois ans plus tard. Des anciens se souviennent vaguement de lui comme ayant été un rebouteux efficace. A-t-il réellement emporté de prodigieux secrets dans sa tombe ? Seuls Dieu et... Marcelle Rateau pourraient l'attester.

05

L'incendiaire aux deux molaires manquantes

En 1962, plusieurs incendies criminels se produisirent dans un petit village du département de la Manche, blotti autour d'un clocher qui érigeait fièrement son triangle d'ardoise.

Le 3 novembre 1961, en début de matinée, un premier incendie détruisit complètement une maison de campagne que son propriétaire venait de remettre en état à grands frais. Le 6, un autre incendie, dans l'enceinte du château de la bourgade, ravagea un rendez-vous de chasse, connu dans le pays sous le nom de « La Tour ». De coûteux objets disparurent dans les flammes : piano, tableaux de maîtres, etc. Le 8, un hangar agricole, avec tout son matériel, devint la proie du feu. Ces trois sinistres, reportés sur un plan, se situaient dans un cercle restreint. Il n'y avait pas cinq cents mètres de distance entre eux.

La population s'inquiétait et s'interrogeait. Le malaise s'installa dans tous les esprits. Mais que faisaient donc les gendarmes ! Pourtant, ceux de la brigade locale allaient et cherchaient sans cesse.

Le 7 décembre, un second hangar agricole brûla en pleine nuit. Le feu anéantit toute la récolte de l'année, ainsi que l'outillage qui s'y trouvait entreposé. C'en était trop ! Les habitants s'affolèrent. La suspicion régnait. Le maire, le garde champêtre et le garde-chasse dirigeaient des patrouilles avec des volontaires. De leur côté, les gendarmes suivaient les sentiers, guettaient au coin des propriétés, se faufilaient derrière les murs et écoutaient dans la nuit. Le jour, leurs investigations se poursuivaient inlassablement. L'instituteur dressa la liste de tous les villageois. On interrogea chacun d'eux, notamment les individus douteux. Mais l'enquête n'avançait pas. Aucun indice sérieux ne fut recueilli. Le mystère demeurait entier...

Alors, le châtelain du village, dont deux de ses propriétés avaient été détruites par l'incendiaire, demanda au capitaine commandant la compagnie de gendarmerie de venir le voir. Quelle surprise pour l'officier quand il lui proposa de faire appel à un radiesthésiste de sa connaissance !... Après tout, la moindre chance de découvrir le coupable méritait d'être saisie. Un rendez-vous fut conclu. Le capitaine se fit accompagner par l'adjudant commandant la brigade locale.

Dans une agréable demeure du XVIIIe siècle, avec meubles d'époque, quatre personnes se rassemblèrent : deux militaires de la gendarmerie, le châtelain et le radiesthésiste. Ce dernier était un

homme distingué, charmant et cultivé. C'était la première fois qu'il venait en Normandie.
L'homme à « l'instrument magique » s'inquiéta des faits et demanda qu'on dressât devant lui le plan d'une des propriétés incendiées. On s'exécuta et on traça rapidement un croquis avec clôtures et voies d'accès. Ensuite, chacun s'écarta de la table sur laquelle le travail allait commencer. Stylo à bille de la main droite, pendule de la main gauche, le praticien débuta son étude. Le pendule s'agitait et le stylo frappait la feuille de papier. Puis, tout devint rapide. Le radiesthésiste s'agitait et transpirait abondamment... Un regard sur le dessin : c'était tout l'itinéraire du malfaiteur tel que l'enquête l'avait fait apparaître !
Il était quand même troublant que deux techniques si différentes, l'une gendarmique, l'autre occulte, pussent se rejoindre ! Aussitôt, il fut convenu de poursuivre sur un deuxième plan : celui de la deuxième propriété. Les mêmes gestes précis, le même silence des témoins. Pendule, stylo à bille... Un nouvel itinéraire s'inscrivit sur la feuille. C'était bien encore le trajet suivi par l'incendiaire. Commentaires, félicitations : l'expérience semblait concluante.
Le capitaine tenait à connaître son criminel. Il était venu pour cela ! Était-il possible d'en obtenir un portrait, un signe de reconnaissance quelconque ? Nouveau papier : trait en hauteur, ce fut la stature, un autre en perpendiculaire représenta les bras.

Un angle obtus imagina les jambes. Le pendule fut placé en bas de la feuille.
L'individu recherché n'était pas de la région. Âgé dans les vingt-cinq ans, de taille moyenne, il avait une corpulence très mince. Mais voici le signe auquel il pouvait être reconnu : il lui manquait deux molaires sur le côté gauche de la mâchoire inférieure.
Une dernière vérification. Pourrait-on savoir son nom ? Pourquoi pas ? Au point où l'on en était...
Le châtelain, qui sentait plus que jamais sur ses épaules sa responsabilité ancestrale envers tout le pays, découpa rapidement une vingtaine de papiers et y inscrivit des noms : gens du coin, des bons et des moins bons...
Les papiers furent pliés et mélangés. Le pendule était à la perpendiculaire de la main droite pendant que la gauche saisit un à un chaque message. Rien ne se passa. L'adjudant recueillit chaque carré et énonça à voix haute d'un ton monocorde le nom qui y était porté.
Le tas diminuait. Il ne se passait toujours rien jusqu'à ce que, tout à coup, le pendule battit à l'horizontale au-dessus d'un des papiers. L'officier le déplia fiévreusement et lut tout haut : « Armand Marceau. »
Enfin, l'incendiaire était identifié. C'était la fin des nuits blanches et des soucis...
Le procès-verbal ignora le radiesthésiste... se contentant de relater avec sobriété l'interpellation d'Armand Marceau :
« La rumeur publique nous ayant appris que le nommé Armand Marceau, ancien employé de

M. Perdoux, demeurant toujours dans la localité, hôtel Poigris, soi-disant ayant vu le premier le feu du hangar Fanet, et lors de l'incendie l'ayant remarqué sur les lieux, nous décidons pour les besoins de l'enquête de le convoquer au bureau de la brigade. Armand Marceau s'y présente à neuf heures dix. Il déclare : [...] Je connais très bien toutes les propriétés des environs. J'ai visité le château, la tour, le parc et les bois. Je connais toutes les issues. Je sais qu'il existe des passages dans le mur de clôture du parc. Je n'y ai pas allumé d'incendie. Je n'ai aucune raison de me venger de quelqu'un qui m'a toujours fait du bien. Je n'ai jamais eu aucune histoire avec n'importe lequel des habitants. Je ne me suis jamais battu et je ne fréquente personne. Je ne fume pas et je ne porte pas d'allumettes sur moi. Je vous le répète, je ne suis pas l'auteur de ces incendies. »

Armand Marceau était âgé de vingt-sept ans, de taille moyenne, plutôt fluet. Il n'avait pas de signe particulier. Le capitaine arriva à la brigade et ce fut la grande épreuve attendue depuis plusieurs jours : « Ouvrez la bouche. » Constatation immédiate : il lui manquait deux molaires sur le côté gauche de la mâchoire inférieure. Évidemment, l'intéressé fut placé en garde à vue en attendant toutes les vérifications utiles : emploi du temps, perquisitions et auditions des témoins. Hélas, il n'en ressortit aucune preuve, aucun aveu. Le mystère s'épaississait...

Le 11 février 1962, un nouveau sinistre eut lieu. Un troisième hangar brûla. Réveillés à minuit quinze, les gendarmes sombrèrent d'un seul coup dans la morosité. Le criminel était toujours là. Nouvelles recherches, déceptions des enquêteurs, irritation du procureur de la République, du préfet et du colonel commandant les gendarmes du département... Aucun indice. L'enquête, encore une fois, n'aboutit pas. Après contrôle, Armand Marceau était à plusieurs centaines de kilomètres.
Mais le dieu de la Justice veillait. Dix mois s'étaient écoulés quand, le 12 décembre 1962 à neuf heures, un nouvel incendie se produisit. Dans les flammes et la fumée, les gendarmes commencèrent à sortir les meubles qui n'avaient pas été touchés. Leur célérité allait être récompensée. On peut en juger par cet extrait du procès-verbal :
« Dès notre arrivée, nous remarquons des empreintes de pas dans le chemin allant de la porte de la rue à l'habitation. Celles-ci sont immédiatement préservées à toutes fins utiles. Dès nos premières constatations, un doute se porte rapidement sur un nommé Larcher, récemment sorti de prison. Cet individu avait été contrôlé la veille au soir, à dix-sept heures trente, sur la place de la mairie. Invité à nous dire où il passait ses nuits et le lieu de son travail, il nous avait répondu très évasivement. »
Mais Larcher n'était plus là ! Toutes les brigades de la compagnie de gendarmerie furent alors mises sur le

pied de guerre. Le signalement du suspect fut diffusé, les véhicules patrouillaient et les postes radio ronronnaient... Au bout de deux heures, il fut enfin retrouvé à plus de cinq kilomètres, criant son innocence.

La suite du procès-verbal est des plus banales :

« [...] Interrogé verbalement en présence de notre commandant de compagnie, il ne peut nous indiquer le lieu où il a passé la nuit. Après vérification de ses chaussures, nous constatons que les empreintes correspondent en tous points à celles relevées sur les lieux. Lors de la fouille opérée immédiatement, il a été trouvé porteur d'une boîte d'allumettes. Sur notre demande, il a déclaré ne pas fumer... [...] Notre commandant de compagnie décide d'aller sur les lieux du sinistre. Au cours du transport, interrogé à nouveau verbalement, il reconnaît les faits. À notre descente de voiture, il refait ses faits et gestes. »

Pourquoi n'aurait-il pas été l'auteur des six autres incendies ? Conduit sur les lieux du premier sinistre, du second, puis des autres, confondu par tous les détails relevés, il avoua. Le village retrouva enfin sa quiétude.

Pour les amateurs de radiesthésie, quelques précisions complémentaires sont nécessaires : Larcher était âgé de vingt-sept ans. Il mesurait un mètre soixante-sept et était de corpulence fluette. Il n'avait pas de signe particulier. Cependant, quand l'officier de gendarmerie lui demanda d'ouvrir la bouche, tout le monde put constater qu'il lui manquait deux molaires sur le côté gauche de la mâchoire inférieure !

06

Le cadavre écorché

Au milieu de l'automne, un cultivateur, Ernest Merle, chassait avec son chien Fox dans le bois de la Tourbe, proche d'un cimetière de la banlieue d'une grande ville normande. Sa carnassière était encore vide. L'année de chasse n'avait pas été bonne pour lui. À l'ouverture de celle-ci, il avait plu presque sans cesse. Ce 2 novembre 1965, vers treize heures trente, les dernières feuilles, rouges, fanées, détachées depuis longtemps des branches des arbres, couraient dans le chemin sur lequel progressaient Ernest et son chien, en faisant un froissement de papier sec ou en montant en tourbillons, comme des papillons morts, pour aller retomber un peu plus loin, roulées, tourmentées par le vent. Le paysage était sinistre : les arbres ne formaient plus une masse verte comme en été, chacun d'eux prenait sa teinte personnelle et se préparait à l'hiver. Tout à coup, ce fut la débandade : des troupes de feuilles fuyaient, affolées, comme si l'hiver était là, au coin du bois. Ces feuilles, qui étaient mortes, avaient naturellement flairé la mort, comme le lecteur va s'en apercevoir.

Le chien de chasse Fox était un excellent compagnon. Il suivait toutes les traces d'animaux, découvrait les cheminements empruntés et les empreintes quasiment invisibles. Il sentait le lapin au gîte sous un tas de branches mortes. Il savait s'orienter, faire le débordement nécessaire pour tromper les grives et les pousser vers son maître. Soudain, Ernest Merle trouva étrange l'attitude de son animal qui flairait quelque chose, avec insistance, en bordure d'un fourré. Il s'approcha et, stupéfait, aperçut un cadavre enveloppé dans un drap laissant voir une jambe.
Le chasseur s'empressa de prévenir la police. Des gardiens de la paix se rendirent aussitôt sur les lieux. Le commissaire central fit porter le corps à la morgue pour procéder à un examen qui rendit encore plus énigmatique l'explication de cette découverte. En effet, le cadavre était celui d'une femme très âgée. On lui avait enlevé toute la peau de l'abdomen et des parties charnues des bras et des jambes ! Le froid qui régnait avait retardé la putréfaction. Aussi put-on reconnaître assez rapidement Mme Heurtebise, décédée à quatre-vingt-deux ans et enterrée le 24 octobre précédent.
Les enquêteurs se perdaient en conjectures. Des chasseurs, des promeneurs et les riverains du cimetière furent interrogés. Le fossoyeur se rappela que le lendemain matin de l'inhumation de Mme Heurtebise, il avait remarqué qu'une certaine quantité de terre avait été déplacée du dessus de la tombe. Il précisa,

en outre, avoir vu une bêche à manche cassé près de la sépulture. Il avait alors remis tout en état et n'avait pas cru devoir prévenir le maire sur ce fait dont il ne soupçonna pas la gravité.
Le 3 novembre, vers onze heures, le commissaire central se rendit au cimetière, accompagné par le procureur de la République. Le parquet avait décidé de faire ouvrir la fosse de la défunte.
Les premières conclusions de l'enquête furent les suivantes :
« Il a été officiellement constaté que le corps n'était plus dans la bière, que celle-ci avait été fracturée à coups de pioche ; la planche de dessus a été brisée du côté de la tête, et c'est par cette ouverture que le cadavre a été enlevé. Il en résulte de ces données que la profanation a dû être commise pendant la nuit qui a suivi l'enterrement de Mme Heurtebise.
Le corps a été gardé probablement depuis cette époque par le violateur de la tombe, et celui-ci, après avoir pratiqué les mutilations que nous avons constatées, aurait rapporté le corps près du cimetière, dans la nuit du 1er au 2 novembre.
Le coupable n'a pu être identifié, mais les recherches se poursuivent. »
La presse fit grand cas de cette affaire. Les conjectures allèrent bon train sur les causes de cette profanation. D'aucuns dirent d'abord que le coupable avait voulu s'approprier les bijoux avec lesquels Mme Heurtebise avait été ensevelie. Compte-tenu des constatations

faites sur la morte, cette hypothèse n'avait pas de consistance.

D'autres avancèrent que des idées de sorcellerie n'étaient pas étrangères au délit. À l'appui de leur opinion, ils firent remarquer l'état dans lequel se trouvait le cadavre, presque complètement dépouillé de sa peau qui a été cependant laissée intacte à la tête, aux mains et aux pieds. En outre, la poitrine et le ventre avaient été ouverts. La peau et la graisse humaines passant pour avoir des vertus thérapeutiques, un sorcier en avait-il eu besoin ?... Pour certains, cette dernière supposition n'était pas dénuée de fondement.

C'est alors que la police se souvint avoir arrêté, plusieurs mois auparavant, Pierre Raspail, ouvrier maçon, qui avait coupé la main d'une personne récemment inhumée et en avait broyé les os pour les mêler à de la poudre à fusil. Il s'était imaginé obtenir un mélange qui lui permettrait de chasser sans bruit, par crainte d'un garde-chasse. En fait, il y réussit en partie car sa poudre ne produisit pas la plus petite détonation ! Une telle absurdité en rendait une autre vraisemblable. L'homme fut interpellé et passa aux aveux. Il était bien l'auteur de la violation de la sépulture de Mme Heurtebise. Reconnu irresponsable judiciairement, en raison d'une démence caractérisée selon les psychiatres, l'écorcheur coule encore aujourd'hui des jours paisibles dans un établissement spécialisé du grand ouest de la France.

07

L'agriculteur envoûté

De l'embouchure de la Bresle à celle de la Seine, le pays de Caux oppose aux lames violentes de la Manche un long rempart de craie, seulement entamé par les quelques échancrures des valleuses. À ce littoral rude et grandiose répond un arrière-pays plein de douceur, fait de prairies, de bosquets et d'eaux vives. Guy de Maupassant a immortalisé les paysages et les mœurs des Cauchois, les habitants de cette pittoresque région de la Normandie.

Depuis la nuit des temps, les Cauchois prennent au sérieux les phénomènes paranormaux. Ils se méfient, en particulier, des sorciers qui ont la réputation de jeter des sorts sur les hommes et sur les animaux. Jadis, pour se prémunir d'éventuels maléfices, ils aspergeaient leurs maisons avec de l'eau bénite, suspendaient une branche d'églantier ou de buis bénit au linteau de la porte d'entrée. À la Saint-Jean-Baptiste, ils faisaient une provision de verveine ; cette plante ayant la propriété de chasser les démons, d'écarter les voleurs et de dissiper les orages. En dernier ressort, ils avaient recours aux prêtres qui passaient pour avoir la connaissance de tous les secrets de la magie, des sortilèges et des conjurations. De nos jours, c'est encore une faculté légitimement reconnue à leur ministère que de combattre toutes les ruses de Satan dont les sorciers sont les représentants sur terre.

Selon l'auteur du *Horsain*, le regretté abbé Alexandre, « l'époque est, sociologiquement parlant, un terrain favorable à la sorcellerie, pas seulement dans les campagnes, mais aussi dans les villes ». Assurément. L'Église catholique romaine, en France, enregistre, chaque année, plus de vingt mille demandes de désenvoûtement. À titre d'exemple, à Rouen, un prêtre exorciste accueille en permanence des personnes qui se disent envoûtées. Lors d'une messe, il procède à leur exorcisme.

Mais quel serait le but de l'envoûtement ? Son but, selon ceux qui se disent des spécialistes des questions paranormales, serait de prendre possession d'une personne, physiquement et mentalement, par la puissance de la volonté. L'envoûteur pourrait donc être n'importe qui... Il utiliserait la force de son esprit, son énergie psychique, afin d'influencer certains de ses semblables ou de leur nuire gravement.

Pour mener à bien sa besogne, l'envoûteur a besoin d'un *voult* (figure de terre glaise ou de cire figurant le sujet à envoûter). Ce *voult* est une sorte de souffre-douleur que l'on pique avec une aiguille à des endroits bien précis. Il est nécessaire, paraît-il, que la figurine (le *voult*) ait une ressemblance avec la personne qui doit subir l'envoûtement et, comble de précisions, il est nécessaire de poser sur le *voult* des cheveux, ongles, sang, salive, ayant appartenu à la future victime.

Les symptômes visibles de l'envoûtement seraient les suivants : impression de lourdeur du corps, migraines très fréquentes, angoisses injustifiées, fatigue fréquente, déprime persistante, amaigrissement excessif, sensations de piqûres et de brûlures sur l'ensemble du corps, etc., cette liste n'étant pas exhaustive.

Heureusement, d'aucuns se croient envoûtés et subissent plutôt les conséquences de leur imagination. Et, comme l'affirme un sceptique, « le sort jeté par un magicien ne peut être levé que par un autre enchanteur plus puissant, moyen fort ingénieusement imaginé pour imposer aux dupes une double contribution ». En effet, les charlatans, envoûteurs et désenvoûteurs sont légion. Cependant, en 1968, pas très loin d'Yvetot, un cultivateur nommé Roland Sergent fut, d'après sa famille, la proie d'un réel et effroyable envoûtement. Il se desséchait peu à peu comme une plante au soleil ! Le médecin du bourg, qui le soignait depuis quelques semaines, ne parvenait à aucune amélioration. Par précaution, il exigea l'hospitalisation de son patient. Le bilan de santé confirma que l'organisme de Roland Sergent était en parfait état ! Finalement, il fut envoyé dans

une clinique psychiatrique réputée de la région parisienne. La thérapeutique engagée ne changea rien. Le pauvre homme, qui avait été l'un des plus solides gaillards de sa commune, continuait à se dessécher. Il n'y avait rien à faire.
Le cultivateur rentra chez lui. Prostré dans un fauteuil, son front semblait renfermer quelques idées sur sa maladie. Ses yeux, d'un bleu délavé, ne regardaient pas plus loin que la cour de sa ferme ; ses mains, rugueuses, s'étaient frottées, depuis de nombreuses années, à moult travaux. Ses pensées devaient être sombres. Faisant l'objet de toute l'attention de ses proches, il fut astreint à boire beaucoup d'eau et à prendre de la nourriture quatre fois par jour. Malgré tous ces soins, il continuait à dépérir. Il avait perdu plus de quarante kilogrammes. Dès lors, il ne put se maintenir dans son fauteuil, devant la cheminée. De toute façon, il n'avait plus la force d'écarter les braises et de rassembler les gros tisons par-dessus lesquels il faut mettre du bois sec. Pourtant, ce spectacle du feu de bois lui plaisait : la flamme jaillissait, jaune et rougeâtre, puis s'abaissait, et, prenant une taille plus modeste, s'étendait et se partageait ; les morceaux de bois brûlaient assurément différemment. Dorénavant, ce divertissement lui fut interdit. Recroquevillé dans son lit, les yeux à moitié clos, il avait de la peine à lever la tête. Il finit par ne plus avoir la force de consommer des aliments solides.

Ne supportant plus que du bouillon de légumes et de l'eau, il passait son temps à sommeiller.
Un jour, son épouse tenta une expérience qui donna un nouvel éclairage à cette *maladie* peu ordinaire. Elle mit de l'eau bénite dans son verre et le tendit à son mari. À peine eut-il porté le récipient à sa bouche qu'il se redressa sur son lit en poussant de grands cris ! Apeurée, sa femme lui arracha la boisson des mains et le laissa se calmer. Alors, elle lui donna le bouillon habituel et de l'eau ordinaire qu'il but à petites gorgées. Le lendemain, la garde-malade voulut recommencer. Elle lui proposa un verre de vin dans lequel étaient ajoutées quelques gouttes d'eau bénite. À nouveau, il se mit à hurler comme un dément (était-ce réellement de l'eau bénite ?!). Cette fois-ci, elle convainquit son entourage que son époux avait bel et bien été envoûté, et pas par n'importe qui !, mais par le prince des envoûteurs, c'est-à-dire le diable en personne ou l'un de ses diablotins. Il fallait donc chasser le démon qui était en lui, pensa-t-elle.
Elle prit aussitôt attache avec un prêtre exorciste dûment mandaté par son curé. Le surlendemain, l'ecclésiastique se présenta à la ferme, malheureusement trop tard. Roland Sergent venait de mourir après deux longues années de souffrances...
Il est fort probable qu'une autopsie aurait apporté un éclairage différent sur les causes de la mort. Mais le médecin requis par les gendarmes délivra le permis d'inhumer : mort naturelle, écrivit-il, pas des suites d'un envoûtement !

08

La Bible du tapissier de Bayeux

En bordure du Bessin bocager, Bayeux, dans le département du Calvados, reflète des siècles de prospérité. Les Vikings se plurent dans cet ancien *castrum* gallo-romain qui devint plus tard une cité médiévale fortifiée, possédant de nombreux artisans. Les uns travaillaient le bois : ils étaient bûcherons, charrons, charpentiers, menuisiers, tonneliers, ébénistes, tourneurs, etc. D'autres étaient forgerons, maréchaux, serruriers. Quelques-uns étaient tailleurs de pierre – ces pierres qui venaient des carrières de Caen –, maçons, sculpteurs. D'autres encore étaient fileurs, tisserands, tailleurs, tanneurs, corroyeurs, cordonniers.
Aujourd'hui, les fossés de la ville ont été remplacés par de paisibles jardins publics et, au hasard des rues tranquilles, le promeneur découvre, miraculeusement épargnées par la Seconde Guerre mondiale, des maisons aux colombages habilement sculptés. Il n'y a pas très longtemps, dans l'une d'elles, un vieux

tapissier avait son échoppe. Il s'appelait Élie Dervy et travaillait à l'ancienne. Assis devant son métier, le dos tourné à la fenêtre, il était toujours absorbé par son travail. D'un tour de main habile et précis, il maniait des navettes ou « broches » sur lesquelles étaient enroulés des brins de laine de différentes couleurs. Sans relâche, il les faisait aller d'avant en arrière parmi les fils de trame. Peu à peu, les fils de laine se combinaient, se mélangeaient, composant de merveilleux dessins, d'élégantes arabesques et de magnifiques décorations très appréciés par sa riche clientèle.

Son commerce était prospère, tout en pratiquant le juste prix. Tous ses clients louaient la qualité de son travail et son honnêteté. Foncièrement bon, cet homme priait Dieu chaque jour de l'avoir éloigné de la mort quand il était enfant. Rescapé de la Shoah, il considérait donc que les jours qu'il vivait était une bénédiction de Dieu ; dès lors, il se conduisait toujours avec droiture envers tous les hommes et respectait les commandements du Décalogue.

Dans les années soixante-dix, sa quiétude fut néanmoins troublée par l'annonce d'un contrôle fiscal. Le vieil homme en perdit le sommeil, alors qu'il n'avait rien à se reprocher, ayant toujours respecté toutes les lois de son pays.

À la veille de l'arrivée de l'agent du fisc, il se souvint tout d'un coup des conseils que lui donnait sa grand-mère lorsqu'il était enfant : « Quand tu es dans le besoin, consulte la Bible, elle te dira ce qu'il faut faire. »

Il décida de le faire, ouvrit sa Bible à la première page venue et tomba sur ce verset :
« Dent gâtée, pied boiteux : le traître en qui l'on se confie au jour du malheur, autant ôter son manteau par un temps glacial. » (Proverbes, 25:19.)
Cette phrase le laissa perplexe. Il n'en comprit pas très bien le sens...
Le contrôleur fiscal se présenta en retard. Plein de suffisance, il prit possession des lieux, comme chez lui. L'éducation n'était pas son fort. Ce jour-là, dans le lointain, le grondement d'un orage était perceptible ; ses éclats furieux se rapprochaient. Rapidement, de larges gouttes de pluie commençaient à marteler les vitres de la boutique du tapissier, puis le ciel devint noir. L'ombre envahissait toute la boutique. Un coup de tonnerre retentit et le ciel, cette fois, fut déchiré par des éclairs bleuâtres. Comme si ces derniers étaient un signal, des torrents de pluie se déchaînèrent aussitôt, accompagnés des détonations de la foudre qui se succédaient les unes aux autres, formidables, sur la ville. Tout tremblait et palpitait. On aurait dit un chaos de fin du monde : le feu du ciel semblait vouloir purifier la ville. « Cette colère déchaînée des éléments est-elle prémonitoire ? », s'interrogea Élie Dervy. Pour lui, ce contrôle fiscal était l'équivalent de la foudre qui aurait pu lui tomber sur la tête, s'il avait été dehors, sous cet orage qui menaçait toute la création.

Le commerçant remit en tremblant ses livres de compte à l'inquisiteur, un petit homme sec et moustachu, au poil court et gris, qui avait l'allure d'un *pion* sévère d'une école communale des années cinquante. Malgré la fureur des éléments naturels, ce *petit pion* avait posé ses pieds sur un bureau et fumait en compulsant les documents comptables, tout en exigeant la présence du contrôlé.
Pour garder contenance devant cet être impoli, le *contribuable* reprit sa Bible, l'ouvrit au hasard et lut :
« Je visiterai en ce jour tous ceux qui montent au Degré, eux qui remplissent le palais de leur seigneur de violence et de fraude. » (Sophonie, 1:9.)
Troublé par ce texte, notre humble boutiquier regarda l'arrogant fonctionnaire avant de poursuivre sa lecture :
« Hurlez, habitants du Mortier, car tout le peuple de Canaan est anéanti, tous les peseurs d'argent sont retranchés. »
L'attitude du tapissier attira l'attention du fonctionnaire qui lui demanda brusquement :
— Que lisez-vous ?
— Je lis la Bible, répondit-il.
Ébahi, l'homme répliqua :
— Et vous croyez à ces âneries ? Donnez-moi ça !
Le commerçant tendit le livre saint à son interlocuteur qui l'ouvrit à son tour, tout en disant :
— Vous devez en avoir bien besoin.

Le contrôleur blêmit quand il se mit à lire :
— « Malheur à qui amasse le bien d'autrui (jusqu'à quand ?) et qui se charge d'un fardeau de gages ! » (Habacuc, 2:1.)
Il referma brusquement le livre en bafouillant :
— Je vais aller déjeuner. À cet après-midi.
Il ne revint jamais. Une gentille jeune femme le remplaça. Celle-ci procéda au contrôle en deux journées et félicita le commerçant du Vieux Bayeux de la bonne tenue de sa comptabilité. Le soleil, ce jour-là, brillait sur la ville et réchauffait ses habitants. Soulagé, le tailleur ouvrit à nouveau la Bible et lut :
« Yahvé a levé la sentence qui pesait sur toi ; il a détourné ton ennemi... Tu n'as plus de malheur à craindre. »
Depuis cet événement, dans tous les moments difficiles de la vie, le vieux tapissier, maintenant à la retraite, ouvre sa Bible et conseille à ses enfants et amis d'en faire autant...

09

La pomme de Gabrielle

Gabrielle était une jeune fille pleine de vie. Étudiante sérieuse, elle faisait la fierté de ses parents et de son frère cadet, Gilbert. L'avenir ne pouvait que lui sourire. Hélas, un dimanche matin de l'année 1970, la maréchaussée d'un charmant canton de Normandie, où demeurait Gabrielle avec sa famille, eut une pénible mission à accomplir. Elle annonça à M. et Mme Robin que leur fille s'était tuée en voiture, au cours de la nuit, sur une route traversant la lande de Lessay, dans le département de la Manche. L'univers des membres de cet heureux foyer bascula brutalement. Les parents de Gabrielle tombèrent malades. Les mois qui suivirent furent un cauchemar dominé par le chagrin. Gilbert, qui ne trouvait plus auprès de ses père et mère la protection sans faille qu'il était en droit d'espérer, adhéra à une secte.

Une nuit, Mme Robin fit un rêve étrange. Elle cueillait des pommes dans son jardin lorsqu'elle vit un serpent surgir de terre et s'enrouler autour du tronc du pommier. Effrayée, elle recula et s'enfuit en laissant tomber son panier. Aussitôt, une barrière de ces reptiles se dressa devant elle et la fixa d'un œil froid. Terrifiée, elle tomba à genoux, tétanisée par la peur. Soudain, chaque serpent se transforma en fleur. Rassurée, elle ramassa son panier abandonné près de l'arbre. Elle aperçut alors Gabrielle, assise sur une branche du pommier. Elle souriait à sa mère, avec un visage lumineux, et lui tendait une pomme étincelante.

Ce fut à ce moment que Mme Robin sortit de son sommeil, complètement bouleversée. Une odeur de pomme flottait dans sa chambre...

À peu près à la même époque, un soir d'automne, le docteur Dubois et son épouse empruntaient les petites routes de la lande de Lessay, à bord de leur véhicule. Un orage de grêle venait de s'abattre, comme un hurlement prolongé qui montait et grandissait. Il y eut ensuite comme un crépitement de mousqueterie ; une pluie de grêlons tomba, cinglante.

Comme chacun le sait, la lande de Lessay a servi de cadre aux scènes les plus dramatiques de *L'Ensorcelée,* l'une des œuvres du grand écrivain normand Jules Barbey d'Aurevilly.

Prenant régulièrement cet itinéraire, M. et Mme Dubois ne se souciaient guère des légendes consacrées aux Goublins et aux Milloraines. Ils ne connaissaient peut-être pas « le matou noir qui parle », « le lièvre ferré qui passe sur le pont » ou « le cheval blanc dans le pré qui disparaît ». Les

Goublins sont très doux quand il y a de la lumière, mais quand il n'y en a plus, gare !... Ils ignoraient aussi probablement les Milloraines, ces rôdeuses enveloppées d'un linceul blanc pris sur un mort d'un quelconque cimetière. D'une taille humaine vues de loin, mais grandissant à mesure qu'on s'approche d'elles, puis immenses, elles disparaissent en agitant les arbres avec un bruit d'ouragan. Beaucoup de landes s'appellent « lande à la Dame » dans cette région, parce que le fantôme d'une femme y revient souvent. Bigre !...

Tout à coup, sortant d'une torpeur provoquée par la monotonie du voyage, dans de grands éclairs bleuâtres qui déchiraient la nuit si sombre, ils distinguèrent une jeune fille vêtue de blanc qui levait le pouce, en bordure de l'asphalte, à la manière des auto-stoppeurs. Magnanime, le docteur arrêta son coupé deux portes et s'adressa à la jeune personne :

— Où allez-vous ?

— À Lessay, répondit-elle.

Mme Dubois sortit de l'automobile afin que la jeune fille pût s'installer sur le siège arrière. Pendant cet arrêt, le couple n'avait pas spécialement prêté attention à l'aspect de leur invitée. Quelques propos banals furent échangés, puis le silence succéda aux civilités d'usage.

Quelques minutes venaient de s'écouler quand, jetant un œil dans le rétroviseur intérieur, le docteur constata que la jeune fille avait disparu ! Pris de panique, il donna un violent coup de volant, avant d'immobiliser son véhicule sur le bas-côté de la chaussée. La passagère ne s'était pas allongée sur le plancher. Elle s'était bel et bien volatilisée ! Très perturbé, le conducteur fonça à la gendarmerie.

— Vous allez nous prendre pour des fous, dit le médecin avant de relater cette incroyable histoire au gendarme qui le reçut, ajoutant en conclusion de son récit que l'auto-stoppeuse n'avait pas pu descendre en marche !

Après avoir écouté calmement ses interlocuteurs, le sous-officier déclara que c'était la quatrième fois que des automobilistes rapportaient cet étrange événement. Puis, il sortit une photographie d'un dossier en demandant :

— N'est-ce pas elle ?

Le docteur Dubois et son épouse, stupéfaits, reconnurent la jeune fille qu'ils avaient prise en stop...

D'après la presse, qui commenta largement *la chose*, les gendarmes auraient établi que l'auto-stoppeuse avait perdu la vie, plusieurs mois auparavant, lors d'un accident de la circulation, à l'endroit même où M. Dubois avait embarqué sa mystérieuse passagère.

Poussant les investigations, certains spécialistes des phénomènes surnaturels auraient découvert que l'auto-stoppeuse et Gabrielle n'étaient bien qu'une seule et même personne.

Est-il raisonnable de croire à cette insolite histoire narrée par des témoins qui semblaient dignes de foi

mais qui ont préféré, par la suite, garder le silence ? Quant aux gendarmes, ils restèrent fort perplexes.
Revenons au rêve de Mme Robin. Son contenu n'est pas nouveau. N'oublions pas que la Bretagne jouxte le département de la Manche. Dans la tradition celtique, la pomme est un fruit de magie et de révélation. Elle sert de nourriture merveilleuse à « la femme de l'Autre Monde ». Si la pomme est un fruit merveilleux, le pommier est un arbre de « l'Autre Monde ». C'est une branche de pommier que « la femme de l'Autre Monde » remet à Bran, l'un des fils du dieu Lug, avant de l'entraîner au-delà des mers, à Ynys Afallach où reposent les héros défunts.
Des contes bretons indiquent aussi que la consommation d'une pomme sert de prologue à une prophétie. Gabrielle a-t-elle voulu annoncer son retour ? Est-ce la raison pour laquelle elle faisait du stop sur la lande de Lessay ? À chacun de conclure selon ses peurs, ses angoisses, ses rêves ou ses espoirs.
Faut-il aussi croire l'Américain G.N.M. Tyrrell, ingénieur et mathématicien, qui a décrit d'une manière très détaillée les différents phénomènes d'apparitions ? Il affirme qu'un fantôme n'est pas un corps physique, qu'il peut se manifester dans un local clos et disparaître sans laisser de traces, à travers portes fermées ou murailles. L'apparition de Gabrielle entre dans la catégorie des *revenants* qui hanteraient l'endroit où ils sont décédés, le plus souvent à la suite d'un crime impuni ou de mort violente.

La croyance aux *revenants* ne date pas d'aujourd'hui. Dans les croyances populaires, les *revenants* ne possèdent pas forcément une forme humaine. Ils peuvent se métamorphoser en animaux. Dès le XVe siècle, les bêtes concernées sont, par ordre de fréquence, le cheval, le chien, la chèvre, le corbeau et le porc. Certaines traditions moyenâgeuses évoquent particulièrement une *chasse infernale*, comme la Mesnie Hellequin : une horde composée de revenants et d'animaux qui harcèlent les vivants et interviennent toujours lors de nuits d'orages violents. Il est fortement déconseillé d'être hors de sa maison à ce moment-là ! En effet, pendant tout le passage de la horde furieuse, ce ne sont que cris d'oiseaux, aboiements, hennissements, miaulements, voix plaintives, hurlements sauvages, paraissant voyager à travers les nuages. Il ne faudrait pas chercher longtemps, encore aujourd'hui en Normandie, pour trouver quelqu'un qui certifierait avoir entendu passer *la chasse infernale*... Cette croyance pourrait être rattachée au thème d'origine nordique de la *chasse sauvage* et des *armées aériennes* conduites par Odin, un dieu viking (ou normand).
Le mythe des revenants ne laisse pas indifférent, à tel point qu'un film français traitant de ce sujet a remporté un grand succès, *Les Revenants*, sorti en 2004 et réalisé par Robin Campillo. Le scénario était assez original et de nature à captiver un large public : des personnes décédées depuis moins de

dix années sortaient des cimetières et revenaient parmi les vivants, intacts, par millions et partout dans le monde. Dans la ville française où se déroule l'intrigue, ils étaient plusieurs milliers, dont l'épouse défunte du maire ! Le challenge à réaliser par les autorités publiques consistait à les réinsérer professionnellement et familialement, ce qui n'était pas une mince affaire car beaucoup d'entre eux semblaient souffrir de troubles du comportement et, finalement, démontraient qu'ils n'étaient plus à leur place dans la société des vivants.
Tout cela est de la fiction. Mais en ce qui concerne le cas de Gabrielle, s'agissait-il d'un fait surnaturel ou d'une hallucination des témoins ? La frontière entre les deux n'est pas près d'être tracée !...

10

La main verte de Thérèse

Entre les grandes plaines de l'Île-de-France et la Bretagne s'étale une région de fortes collines, vêtues de pins, de hêtres et de chênes, entrecoupées d'herbages à chevaux, de champs de céréales et de bocages. Au creux des vallons courent des rivières à truites. Ce sont les paysages enchanteurs de l'Ouche et du Perche, tout au sud-est de la Normandie. Le Perche, où se déroule cette histoire insolite, est un ancien comté qui s'étend sur les départements de l'Orne, de l'Eure-et-Loir, de la Sarthe et du Loir-et-Cher. Un magnifique parc naturel régional du Perche existe depuis 1988. Sa capitale fut d'abord Mortagne-au-Perche (Orne), avant de devenir Nogent-le-Rotrou (Eure-et-Loir). Du xe au xve siècle, le Perche est un comté stratégique pour les rois de France. En 1227, il est intégré dans le domaine royal, puis démembré pour former le comté d'Alençon, donné à Pierre Ier d'Alençon. En 1283, il retourne dans le domaine royal. À la Renaissance, le Perche se couvre de manoirs et son industrie se développe (étamines et minerais). L'un de ses enfants, le poète Rémy Belleau, est membre de la Pléiade. Dès 1634, de très nombreux Percherons (maçons, menuisiers, charpentiers, briquetiers, etc.), animés par l'esprit d'aventure, émigrent vers les Amériques. Une grande majorité d'entre eux s'établit sur les rives du fleuve Saint-Laurent, comme agriculteurs. Actuellement, au Québec, un bon nombre d'habitants ont un ancêtre percheron dans leur généalogie. Leur descendance est estimée à un million cinq cent mille personnes, rien qu'au Canada et sans tenir compte du Québec ou des États-Unis (notamment en Louisiane). Malgré le démembrement du territoire percheron à la Révolution, celui-ci maintient une forte identité régionale. Au XIXe siècle, le Perche se trouva désenclavé par la construction des lignes de chemin de fer. Aujourd'hui, il demeure une région essentiellement touristique et rurale.

À Mortagne-au-Perche, dans les années soixante-dix, vivait une vieille dame, prénommée Thérèse, qui avait « la main verte ». C'est ce qu'affirme encore de nos jours Gaston Libel qui lui avait acheté trois hectares de bonne terre.

L'acte de vente stipulait que l'acheteur laissait au vendeur l'usage d'un vieux bâtiment avec un petit jardin, en attendant que se libère une place à la maison de retraite du département. Ainsi, Thérèse, dont le voisinage disait qu'elle était un peu sorcière, vécut

quelque temps près de Gaston Libel, un Parisien retraité, qui se fit fort de rentabiliser la culture de ses trois hectares.
Gaston se lança à fond dans son entreprise. Il acheta un puissant motoculteur et répandit du fumier, des engrais chimiques et des insecticides. Il construisit une imposante serre et planta de nombreux arbres fruitiers. Bref, il utilisa les moyens les plus modernes. À chaque fois que Thérèse le regardait travailler, elle voulait lui donner des conseils. Gaston en était excédé et la rabrouait fermement.
Le jour où Gaston Libel arracha les haies de sureau parce qu'il n'aimait pas leur odeur, ainsi que d'autres buissons aromatiques dont il ne voyait pas l'utilité, la grand-mère le traita de « jardinier d'opérette » !
Le Parisien avait également enlevé les bordures de capucines au bord de sa maison. Les pucerons et autres insectes du genre, si friands de ces fleurs à l'odeur forte, se rabattirent donc sur les salades !...
Au bout de quelques mois, lorsque Gaston Libel compara ses cultures avec celles du petit jardinet de Thérèse, il fut bien obligé de reconnaître que la vieille dame avait la main plus verte que lui ! Ses haricots et ses petits pois étaient magnifiques, ses salades incomparables. Alors, Gaston accepta d'être l'élève de Thérèse. Il nota les recettes de sa maîtresse, souvent plus proches de l'alchimie que de l'agriculture...
Il fallait semer telle plante à la pleine lune, telle autre par temps sec. Telle essence chassait tel

parasite. Après une année sans neige, il était nécessaire de faire ceci et pas cela... La bonne grand-mère connaissait des recettes miracles pour tout ! Elle allait jusqu'à imposer ses mains sur certaines plantes. Pour accélérer le mûrissement des tomates, elle invoquait le soleil ! L'art de jardiner de la vieille femme relevait de la magie... Le retraité était à la fois stupéfait et admiratif !

Parfois, dès le coucher du soleil, Thérèse bénissait des plantations en marmonnant des incantations. Quand une jeune pousse ne se développait pas, il lui arrivait de s'agenouiller et de prier...

Après plusieurs mois, le potager de Gaston devint l'un des plus beaux de la commune.

Hélas, Thérèse mourut. Gaston Libel essaya de mettre à profit ses leçons. Malgré tous ses efforts, le jardin n'eut plus sa beauté d'antan.

11

La sorcière et l'écolière

Le Bocage normand a des allures de *Petite Suisse*. Cette appellation donnée à la vallée de l'Orne entre la région de Putanges et la forêt de Cinglais n'est pas usurpée. On découvre dans cette région charmante des sites âpres et sauvages. Le cours sinueux de l'Orne a gravé dans l'avancée extrême du vieux Massif armoricain une profonde entaille aux versants abrupts. Entre les hautes parois rocheuses auxquelles s'agrippent bois et broussailles, le fleuve dévale parfois en torrent. Plus loin, il s'assagit et s'assoupit au creux d'une prairie semée de pommiers. Les paysages sont presque montagnards. Les affluents de l'Orne (Rouvre, Vère et Baise) décrivent des méandres encaissés. Alentour, la campagne est accidentée de buttes, comme le mont Pinçon et le mont Saint-Clair qui ne dépassent pas trois cent soixante-cinq mètres d'altitude. De bien modestes *montagnes*.

Ce coin normand au relief tourmenté a de quoi satisfaire les touristes. Sur les falaises, les alpinistes se mesurent au vide. Dans les tourbillons et l'écume des défilés, les adeptes du canoë-kayak trouvent un parcours idéal. Randonneurs et pêcheurs goûtent également cet univers de rochers, de verdure et d'eaux courantes où se nichent de charmants villages. Mais, attention ! Le Bocage normand a aussi ses mystères... Ce vacancier, qui vient l'été chercher le repos et les plaisirs de la nature, croirait-il pouvoir repartir chez lui, non seulement envoûté par la beauté des sites, mais aussi par de vieux sorciers locaux ? Pourquoi pas. Les faits qui se déroulèrent à la fin de l'année 1973 démontrent que la sorcellerie est une des composantes sociologiques de ce pays.

Les époux Travers, âgés de quarante-cinq ans, exploitaient une ferme dans un modeste lieu-dit, entre Putanges et Flers. Ils venaient de donner à bail une maisonnette située à cinq cents mètres de leur exploitation agricole à une vieille dame vivant seule, quand un phénomène incompréhensible vint troubler leur tranquillité.

Au cours du mois de décembre 1973, leur fille Solange, âgée de douze ans, tomba malade. Prise de tics nerveux, elle dodelinait sans cesse de la tête. En classe, elle écrivait difficilement. Très inquiets, les parents firent appel à leur médecin habituel, le docteur Dudieu, qui ne put déterminer les causes du mal.

Quelques jours plus tard, l'état de santé de Solange empira. Elle perdait l'appétit, marchait avec peine, mais ne se plaignait d'aucune douleur.

Craignant une crise de poliomyélite, le docteur Dudieu fit conduire l'adolescente devant le professeur Leloir, à Caen, qui ne décela rien de particulier. Elle fut donc ramenée à la ferme.
La semaine qui suivit apporta une sensible aggravation. Solange ne s'alimenta plus, cessa de parler et resta couchée. Elle ne souffrait toujours pas. Cependant, elle poussait chaque nuit des cris de frayeur, suite à des visions de l'Au-delà.
Le docteur Dudieu décida de la faire transporter au centre hospitalier régional et universitaire (CHRU) de Caen où elle subit des examens approfondis qui n'apportèrent aucun diagnostic. Le chef de service consulté préféra garder Solange et interdit toute visite, même aux parents. Ce praticien avait, paraît-il, l'intention d'extraire du liquide rachidien et, à la place, insuffler de l'air afin de pratiquer des examens plus complets...
Installée chez un membre de sa famille, la mère fit ausculter d'autorité sa fille par un autre spécialiste. Après sa visite, ce dernier conseilla de renvoyer l'adolescente à la ferme et convainquit M. et Mme Travers que la méthode du médecin hospitalier ne donnerait aucun résultat. La jeune fille rentra à son domicile dans un état comateux.
Désespérés, les parents de la malheureuse ne savaient plus quoi faire. Vendredi 18 janvier 1974, ils apprirent qu'un *sorcier* ornais conjurait *le mauvais sort*. C'était leur dernière chance. Aussitôt contacté

par téléphone, il accepta de recevoir la malade et ses parents le lendemain.

Le *sorcier*, âgé de soixante-six ans, pendule à la main, déclara que Solange avait été envoûtée par une vieille personne, voisine de l'habitation familiale. Il prescrivit d'ouvrir le matelas sur lequel couchait l'enfant. Il affirma que des amas de plumes en forme d'oiseaux s'y trouvaient et qu'il fallait au plus tôt les brûler !... À peine eut-il terminé ses propos qu'il demanda à Solange de marcher. Miracle ! L'adolescente se leva et fit quelques pas devant ses parents ébahis...

Dès leur retour à la ferme, le père entailla le matelas incriminé, en présence d'un témoin. Il y découvrit dix-sept agglomérats de plumes, de toutes tailles, ressemblant à des oiseaux. Les plus gros paraissaient être ceux de poulets. Le matelas fut incendié sur-le-champ !

Le jour suivant, Solange se leva sans difficulté, parla normalement et fit honneur à la cuisine de sa mère. Elle avait enfin recouvré la santé.

La réaction des époux Travers, à l'égard de leur locataire, ne se fit pas attendre. Ils la congédièrent et l'accusèrent d'être « une jeteuse de sort, la source d'envoûtement de leur fille... ».

Cette affaire de sorcellerie troubla beaucoup la population. Nombreux furent ceux, surtout des femmes, qui auraient jeté « un autre sort » à la vieille dame si elle était restée dans le village !

Le docteur Dudieu ausculta à nouveau Solange. Malgré sa science, il ne put conclure. Un médecin de Paris, intéressé par ce « cas », voulut apporter à son tour ses lumières. Lui aussi n'avança aucune explication rationnelle à la soudaine guérison de l'enfant.

La vieille locataire n'était allée qu'une fois à la ferme Travers. Mais, « les bien informés » affirmèrent qu'elle avait rôdé la nuit autour de la demeure des Travers. En fait, il fut seulement établi que Solange rendait journellement visite à la « sorcière », en allant à l'école ou en y revenant. Les gens qui s'estimaient les plus sensés dirent que la vieille dame avait raconté à la fillette des « histoires » probablement traumatisantes. Le *sorcier* ornais était certainement celui qui avait approché au plus près la vérité...

12

L'assassinat du sorcier d'Hesloup

La religion chrétienne est profondément enracinée en terre normande. Maints cérémonies ou rites témoignaient encore récemment de la ferveur populaire, notamment dans le département de l'Orne. Par exemple, à Sept-Forges, le bâton de saint Joseph avait la réputation de protéger les gens qui le touchaient. À Ceaucé, le lundi de Pentecôte, les fidèles vénéraient la relique d'un bras de saint Ernier, protecteur des cultures et des pâturages, au cours d'une procession longue de dix-huit kilomètres. En période de sécheresse exceptionnelle, ce saint était particulièrement invoqué : on portait également le bras du saint jusqu'à une fontaine pour y plonger le petit doigt de la relique. Mais il fallait prendre garde à ne pas mouiller les autres doigts, sinon on risquait de déclencher des pluies diluviennes !

À Saint-Ortaire, près de Bagnoles-de-l'Orne, une lointaine et inconsciente émanation du druidisme poussait des catholiques à déposer une pierre sur des arbustes qui entouraient un sanctuaire. La guérison demandée à Dieu était obtenue lorsque le caillou tombait naturellement...

L'Église catholique romaine fut dans l'obligation de condamner certains rites dont la pratique relevait davantage de la superstition que de la religion, d'autant plus que cette superstition permettait de passer insensiblement à la sorcellerie.

Il est vrai que les rituels encore observés par certains *pseudo-sorciers* ou *mages* ont parfois des allures de religiosité. Ce fut le cas d'un soi-disant magnétiseur d'Alençon qui, dans les années cinquante, pratiquait l'imposition des mains en récitant en latin des prières du *bénédictionnal.* Pour ses formules magiques, il utilisait un cœur d'agneau et distribuait des médailles pieuses. Encore actuellement, dans la région caennaise, un individu se prétendant magnétiseur ose faire ses *passes* magnétiques en portant une soutane de prêtre...

Apprécié pour la beauté de ses forêts, la qualité de ses élevages et de son thermalisme, l'Orne est-il encore aujourd'hui le pays de la sorcellerie ?

Selon un psychiatre de la région, auteur d'une thèse sur la sorcellerie et ses incidences psychiatriques dans le département de l'Orne, « le pays ornais est essentiellement conservateur et traditionaliste. Sa pensée, comme son mode de travail, est souvent restée ancestrale. C'est ainsi que sont demeurées bien vivantes dans cette contrée les traditions de sorcellerie telles qu'on les décrivait au Moyen Âge ».

L'affaire d'Hesloup tend à donner raison à ce médecin. D'ailleurs, le journal *France Dimanche* annonça à ses lecteurs qu'« un drame de l'envoûtement digne du Moyen Âge s'était déroulé à moins de deux cents kilomètres de Paris, près d'Alençon, en plein XXe siècle... »

Une animation habituelle régnait à Hesloup au cours de cette matinée ensoleillée du dimanche 29 février 1976. Les promeneurs savouraient déjà la belle forêt d'Écouves aux magnifiques futaies. Profitant de son repos dominical, Gérard Charron se rendit, vers neuf heures trente, au domicile de Jean Chabert pour régler un achat de matériel. Étonné par le silence de la maison, il poussa la porte d'entrée entrouverte et découvrit le corps inanimé de Jean Chabert dans sa chambre à coucher. L'homme avait cessé de vivre. Gisant tout habillé sous une couverture, il portait à la gorge une blessure profonde qui ressemblait à celle que pouvait faire un coup de fusil de chasse, tiré d'assez près.

Charron alerta les gendarmes qui procédèrent aux constatations d'usage. Aucune arme ne fut trouvée dans la chambre restée éclairée. Près de la porte d'entrée de l'habitation, ils découvrirent néanmoins une cartouche de chasse Gévelot, de calibre seize, non percutée, ainsi qu'une empreinte à peine marquée d'un pneumatique de voiture.

Jean Chabert paraissait avoir été surpris dans son sommeil au cours de la nuit écoulée. L'autopsie confirma que le décès était intervenu la veille, après le repas du soir, suite au tir d'une cartouche de chasse. Quel était le mobile du crime ? Le vol, la vengeance ? Les gendarmes menèrent des investigations minutieuses et organisées. Plusieurs équipes prospectèrent la circonscription de la commune d'Hesloup, découpée en trois secteurs. Un centre de regroupement des informations tria et exploita les renseignements recueillis. Le cercle des recherches s'agrandit peu à peu et la région fut passée au crible.

Dès le dimanche soir, les enquêteurs acquirent la certitude que le ou les tueurs étaient venus en voiture : le bruit d'un moteur avait été entendu par un voisin, entre une heure et une heure trente du matin. Par ailleurs, la personnalité du défunt fut cernée. Célibataire de cinquante ans, il vivait seul dans la maison dont il avait hérité de ses parents. Son père avait été un guérisseur renommé et lui-même possédait certains dons *surnaturels*. Hâbleur, il avait inspiré la crainte ou la moquerie. Ses fréquentations avaient été des plus douteuses : repris de justice, ivrognes notoires et femmes de mœurs légères lui avaient rendu régulièrement visite, de jour comme de nuit et tout au long des dernières années écoulées.

La perquisition de son domicile permit de découvrir des feuillets d'incantation pour « chasser d'une habitation un mauvais esprit ou pour empêcher tout bruit suspect », des oiseaux décapités ainsi que des statuettes aux formes hideuses – signes indiscutables de pratiques singulières.

L'enquête s'annonça difficile car le Normand, très méfiant par nature, se confie rarement. Parfois, il égare son interlocuteur dans un méandre de considérations qui ont un rapport plus ou moins lointain avec les questions posées. Ou alors, il ponctue sa réponse par un « P'têt ben qu'oui, p'têt ben qu'non », célèbre dans la France entière. Il faut le mettre en confiance et ce n'est pas facile, même pour un gendarme du cru.

Les unes après les autres, les innombrables relations de Jean Chabert furent recherchées et interrogées : une femme fit état d'une rivalité entre la victime et un certain Bertrand, individu dangereux et violent ; un repris de justice, hébergé depuis un mois par le guérisseur, venait de disparaître la veille de l'homicide ; un jeune homme demeurant dans un hameau proche d'Hesloup avait eu une altercation avec la victime au sujet d'un sort jeté à leur père ; les oncles et les cousins de Jean Chabert, avec lesquels il s'était fâché quelques années auparavant pour des intérêts familiaux, auraient pu éliminer leur parent. Les suspects étaient donc nombreux. Cependant, placées en garde à vue, toutes ces personnes furent mises hors de cause...

Une chose était certaine : le mobile du crime n'était pas le vol. Rien n'avait en effet disparu. Jean Chabert

retirait peu d'argent à la banque. Les vérifications faites dans les commerces locaux établirent qu'il se contentait d'un petit budget. Pas de drame passionnel non plus, à l'origine de cette mort. Ainsi, n'avait pas été sa maîtresse ni cette jeune femme *à la Renault 4 L* aperçue quelques jours avant le meurtre, couverte d'ecchymoses dues à une correction infligée par son mari jaloux, ni cette doctoresse de Paris qui lui rendait visite de temps à autre dans l'espoir d'obtenir la donation de ses biens. L'hypothèse d'une vengeance semblait devoir être retenue. S'agissait-il d'une affaire de sorcellerie comme certains l'avançaient ?
Jean Chabert avait la réputation de *jeter des sorts* à ceux qui ne lui plaisaient pas. Du bétail aurait été trouvé mort mystérieusement à Hesloup. Mais les vétérinaires objectèrent qu'aucun troupeau n'avait été atteint d'un mal inexplicable au cours de la dernière décade.
La presse locale se fit l'écho de l'émotion causée par la perpétration de ce crime dont l'auteur était encore inconnu. « L'affaire du sorcier d'Hesloup » attira beaucoup de journalistes de Paris qui posèrent de nombreuses questions aux gens du village.
Des personnes voulurent bien confirmer à la maréchaussée les pouvoirs mystérieux de Jean Chabert. D'autres révélèrent qu'en 1975 la victime s'était opposée à des cultivateurs au sujet du remembrement de leurs exploitations agricoles.

Tout en vérifiant ces témoignages, la gendarmerie suivait une piste beaucoup plus intéressante : deux jeunes gens, Michel et Daniel Hurlevent, à la tête près du bonnet, avaient fréquenté Jean Chabert l'été dernier. Il convenait de contrôler leur emploi du temps à la date du crime. Le 2 mars, les gendarmes parvinrent à les localiser dans la Mayenne, au domicile de leur mère, Louise, âgée de soixante-trois ans. Curieusement, cette dernière se montra intarissable. Elle n'était pas normande de souche !...

« Cela fait vingt-cinq ans que nos familles se connaissent... Un jour, Jules (le père de la victime) a fait venir mon gars Michel à son chevet pour lui léguer ses dons. Y en a un qui n'était pas content, c'était bien sûr son fils Jean. Plus tard, Michel a perdu tout d'un coup ses pouvoirs et les malheurs se sont abattus sur la maison. Les poules, les lapins étaient pris d'une drôle de maladie, les moissons perdues, sans qu'on n'y comprenne rien. Et puis, un jour, on a trouvé mon fils aîné, Eugène, mort dans le jardin. L'année suivante, mon fils Daniel a failli mourir en nettoyant son fusil. D'un seul coup, le fusil s'est retourné contre lui et le coup est parti tout seul, le blessant grièvement à la tempe. Ce jour-là, on a su vraiment que le gars Jean Chabert avait décidé de nous faire tous mourir... »

Intrigués par la déposition de cette femme, les gendarmes se rendirent à Javron (Mayenne) où ils interpellèrent, à la sortie de leur travail,

Daniel Hurlevent, vingt-six ans, carrier, et Michel Hurlevent, vingt-deux ans, maçon. Confondu grâce aux traces laissées par la voiture de son frère Daniel, Michel reconnut très vite les faits. Il expliqua sans difficultés son geste et même le justifia. Chaque samedi, les deux frères dînaient chez leur mère. Le 28 février, après le repas, ils regardèrent à la télévision le feuilleton policier *Les Cinq Dernières Minutes*. Ce soir-là, « Le collier d'épingles » fut présenté. Sur l'écran, une sombre histoire de sorciers dans laquelle la victime croyait aux sorts, aux envoûtements... Le *jeteur de sorts* fut arrêté puis relâché, faute de preuves. Désorientés, les enquêteurs de cinéma s'accordèrent pour ajouter foi à ces envoûtements surgis de la profondeur des âges et dont les paysans avaient peur...
Les frères Hurlevent s'imaginèrent alors que ce qui était possible dans une série policière télévisée le serait dans la réalité ! Le soir même, ils prirent la résolution d'en finir avec Jean Chabert. Michel s'arma de son fusil de chasse et demanda à son frère Daniel de le transporter dans sa Peugeot jusqu'à Hesloup. Les deux hommes parcoururent, sans échanger une parole, les quarante kilomètres qui les séparaient de la maison du sorcier. Devant la porte d'entrée, Michel introduisit deux cartouches dans son arme. Par mégarde, il en fit tomber une qu'il ne retrouva pas dans l'obscurité. Ensuite, il frappa à la porte de la chambre. L'intérieur s'éclaira. Se rendant compte

que la porte n'était pas verrouillée, il pénétra dans la pièce et tira à bout portant sur Jean Chabert qui, surpris, n'eut aucun geste de défense.

Pourquoi Michel tira et pas son frère ?

Il répondit que « lui seul détenait les pouvoirs de Jules Chabert et qu'il avait reçu pour mission de supprimer son fils. Si Daniel avait utilisé le fusil, les plombs se seraient retournés contre lui... »

Un meurtre de ce genre, s'appuyant sur le même mobile, pourrait-il se reproduire ? En France, assurément, et même aux États-Unis, pourtant le pays technologiquement et scientifiquement le plus avancé. Ainsi, un sondage Gallup s'est penché sur les croyances des Américains dans les phénomènes psychiques et paranormaux : 42 % d'entre eux estiment que les maisons peuvent être hantées (contre 16 % en 1990), 38 % croient que les fantômes ou l'esprit des défunts sont susceptibles de revenir parmi les vivants (contre 25 %), 33 % croient que les extra-terrestres sont déjà descendus sur Terre (contre 27 %). La communication mentale avec les morts est une certitude pour 28 % (contre 18 %). Enfin, 26 % sont convaincus de l'existence des sorciers (contre 14 %).

Les psychanalystes considèrent que la méfiance à l'égard des soi-disant jeteurs de sort est une manifestation des contenus irrationnels de la psyché humaine. Ce n'est pas par une action d'auxiliaires extérieurs tels les anti-sorciers, qui se font rémunérer chèrement leurs interventions..., qu'un homme se délivrera de ce qu'il appelle « l'emprise d'un sorcier ». C'est plutôt par une transformation intérieure de sa personnalité. Dans cette optique, le recours à un médecin psychiatre, à un psychanalyste ou à un confesseur se montre souvent salutaire.

13

La pie de Roger

Roger Lestor aimait beaucoup les oiseaux et passait beaucoup de temps à les observer, surtout les pies. Un jour, il tomba en extase devant la construction d'un nid. Une femelle avait choisi une petite fourche de branchettes qui supporterait son nid et posait ainsi les fondations avec, comme seuls outils, son bec et ses pattes ; un principe la guidait, aussi sûr que le fil à plomb du maçon : l'axe de la structure devait être vertical, car toute inclinaison compromettrait, plus tard, son précieux contenu. Une fois la base établie, elle amorçait les attaches et pouvait maintenant se positionner au centre de son ouvrage afin de répartir les matériaux du pourtour ; la longueur de son cou lui servait de compas et la courbure de sa poitrine mesurait l'évasement de la coupe. Le travail progressait, les racines, l'herbe ou la mousse liées, tassées, formèrent, à la fin de son travail, un ensemble solide pour abriter ses futurs petits. Ces derniers, au nombre de trois à dix, restent au nid durant quatre semaines environs et ce sont leurs deux parents qui les nourrissent. Si

incroyable que cela puisse paraître, Roger apprivoisa l'un d'eux. C'était une pie.
Pourquoi ce choix ? Car, en Occident, la pie est communément prise comme synonyme de bavarde ou de voleuse. Les montagnards du Viêt-Nam du Sud considèrent qu'elle est l'ancêtre qui enseigna à l'homme, jadis, à rendre la justice et à tenir des palabres. Les Sioux d'Amérique du Nord assurent qu'elle connaît tout... En Chine, elle est informée des infidélités conjugales. Le demi-miroir que remet chaque mari à son épouse se transforme en une pie qui va lui faire son rapport si celle-ci commet l'adultère.
D'après Ovide, les Piérides, neuf jeunes filles de Thrace, voulurent rivaliser avec les neuf Muses. Vaincues à un concours de chant, elles furent transformées en pies. Dans cette légende grecque, la pie est le symbole de l'envie et de la présomption.
Le symbolisme de la pie, en Occident, est généralement sombre. Les manifestations de cet oiseau sont plutôt interprétées comme un signe néfaste. Si elle vient frapper de son bec les carreaux d'une fenêtre, c'est signe de mort. Et pourtant, l'événement qui s'est déroulé dans la famille de Pierre Lestor, lors du décès de son grand-père Roger, il y a quelques années, semble démontrer que cet oiseau n'est pas malfaisant. Toute la famille s'était réunie pour conduire Roger Lestor à sa dernière demeure, au sein d'un cimetière situé dans un petit bourg du Calvados cerné de haies touffues et de pommiers aux troncs tordus par les ans.

Il faisait un temps magnifique, un temps trop beau pour un enterrement ! Aussi, après la cérémonie, tout le monde se rassembla dans la maison du défunt afin de prendre le repas servi par Ernestine, sa veuve.
La grand-mère fit part à ses enfants, petits-enfants, beaux-frères et belles-sœurs, neveux et nièces, qu'en rangeant les affaires de son cher disparu, elle avait découvert dans un placard la pie morte de Roger. Or, chacun savait que Roger Lestor avait appris à parler à cet oiseau. Quand une personne entrait dans la maison, à chaque fois, la pie le gratifiait d'un « Bonjour, je m'appelle Armand. Ça va-t-y ? ». En outre, le vieil homme affirmait qu'après son décès, il reviendrait sur terre sous la forme d'une pie.
La grand-mère Ernestine savait que la pie avait perdu la vie avant son époux, mais ignorait que celui-ci avait gardé son corps desséché.
En Normandie, les repas de funérailles ressemblent souvent davantage à un banquet de communion qu'à une veillée mortuaire. On y évoque les bons côtés de la personnalité du défunt et on oublie le reste... En quelque sorte, on continue à le faire vivre, comme s'il venait de s'absenter momentanément. Cette salutaire coutume évite aux proches de *broyer du noir*.
Tout le monde souriait à l'évocation de la volonté de Roger de se réincarner dans une pie. Parmi les convives, peu d'entre eux savaient ce que signifiait le mot réincarnation, étranger à la culture chrétienne.
La réincarnation est une croyance religieuse qui est

notamment au cœur de l'hindouisme, du jaïnisme, du bouddhisme et du sikhisme. L'esprit humain évoluerait au travers de vies successives dans d'autres corps. La réincarnation serait donc une forme de la transmigration des âmes, soit dans des corps humains (on parle alors de métempsycose), soit dans des corps d'animaux ou dans des végétaux (la palingénésie). Cette vie de l'âme humaine, après la mort – actuellement la croyance de plus d'un milliard d'individus –, est totalement récusée par les trois religions monothéistes : judaïsme, christianisme et islam. Curieusement, cette croyance en la réincarnation est aussi partagée par des personnes issues d'une culture religieuse monothéiste, mais qui pratique un syncrétisme religieux pas toujours très clair.

Or, surprise ! à la fin du déjeuner servi par Ernestine, une pie vint se poser sur le bord de la fenêtre de la salle à manger restée ouverte et cria à deux reprises :

— Bonjour, je m'appelle Roger Lestor. Ça va-t-y ?

Puis, elle s'envola aussitôt.

Un silence glacial planait sur les convives... Ernestine, soudainement, fit une crise de nerfs qui semblait ne pas vouloir finir. Le médecin fut appelé en urgence.

On ne revit jamais l'oiseau. Le vieillard avait-il dressé une seconde pie sans le dire à son épouse ou Roger Lestor s'était-il réellement réincarné comme il le souhaitait tant ? Tout le monde opta pour la première hypothèse, absolument la plus raisonnable pour de bons chrétiens.

14

Les esprits frappeurs

Un jour, raconte la légende de Merlin l'Enchanteur, ses compagnons et lui-même arrivèrent au bord d'un fleuve aux eaux tranquilles. Quel monde merveilleux et mystérieux que les berges d'une rivière ! Quelles belles routes pour des promeneurs ! Et quel bonheur pour un pêcheur quand, tout à coup, une secousse l'avertit que le poisson a mordu ! Même Merlin, tout *enchanteur* qu'il était, devait aussi se sustenter. À peine avaient-ils fini de se restaurer que les voyageurs aperçurent, à un kilomètre du lieu de leur déjeuner et au milieu du fleuve, une île boisée ; elle avait la forme allongée d'une barque dont la proue fendait le cours de l'eau.

— Quel lieu plaisant, s'écria l'Enchanteur, je voudrais bien l'aborder !

Ils se transportèrent à pied vers cette île, en longeant la berge. Parvenue en face d'elle, ils virent un bûcheron qui venait de couper sa charge de ramée et se préparait à monter dans sa petite embarcation. Pendant qu'il détachait la corde de chanvre par laquelle elle était liée au rivage, l'Enchanteur lui cria :

— Prenez-nous avec vous, s'il vous plaît !
— Volontiers, dit l'homme.
— Quel est ce fleuve ? demanda Merlin.
— La Seine.
— Et ce village ?
— Lutèce.

Ah, la Seine ! Quel beau fleuve ! Victor Hugo et Guy de Maupassant l'ont clamé : elle n'en finit pas d'atteindre la mer dès qu'elle pénètre en Normandie. De sévères falaises blanches et de vertes prairies se partagent ses rives. La vallée qui la conduit est sur le chemin des abbayes. Jumièges dresse ses ruines au milieu d'un écrin de verdure. En aval, Saint-Wandrille se dissimule derrière de hauts murs.

Autrefois, on croyait fortement à la sorcellerie dans ce coin du pays de Caux, Jumièges et Saint-Wandrille. On affirmait que les *sorciers* possédaient la science de Satan. On se méfiait de certains bergers qui recouraient à la *magie noire* et aux révélations ténébreuses des grimoires. Lorsqu'un mauvais sort avait été jeté sur une personne, on certifiait qu'il se développerait dans ses entrailles, jusqu'à la mort, une multitude d'animaux venimeux. Aux alentours de Jumièges, pour guérir les maladies d'animaux causés par des maléfices, les paysans pratiquaient un rituel bien défini. Le jour de la Saint-Jean, avant le lever du soleil, il fallait aller nu-pieds cueillir une botte de seigle, en évitant surtout d'être vu de quiconque. Ainsi, quand un animal venait à être malade ou à ne plus donner de lait, son propriétaire lui frottait sur le corps la botte de seigle, objet de toutes ses précautions, puis récitait après cette opération tout l'Évangile de Saint-Jean en latin, même s'il n'en comprenait pas un mot.

À en croire une vieille dame qui vivait recluse dans une grande maison cauchoise, au milieu de ses souvenirs et de ses chats, à une quinzaine de kilomètres de Jumièges, il faut encore prendre garde aux esprits maléfiques.

Le 3 mars 1978, cette campagnarde s'empressa de raconter à la maréchaussée les curieux phénomènes qui s'étaient déroulés dans son logis. Les objets inanimés tels que meubles, vaisselle et autres s'étaient déplacés tout seuls, lors du premier séjour à son domicile de son petit-fils Bertrand, au mois de février précédent. Elle ajouta qu'elle avait la certitude que l'enfant était le responsable de ce charivari. Elle précisa que Bertrand, âgé de six ans, avait un caractère difficile ; qu'il criait ou pleurait pour un rien et qu'il prenait un malin plaisir à donner des coups de pied dans le mobilier, ainsi qu'à casser des bibelots et à tourmenter les chats ! D'après elle, les tables, les chaises et les commodes s'étaient mises en mouvement pour tenter d'effrayer le gosse, comme pour se défendre ! Le grand fauteuil de son salon avait même glissé sur le parquet, à sa rencontre, menaçant… Elle précisa que tout avait été calme pendant le sommeil du galopin. Mais, dès son réveil, la sérénade avait repris. Pendant qu'il prenait son petit

déjeuner dans la cuisine, les poêles et les casseroles avaient été agitées par un tremblement qui ne cessa que lorsque le petit homme quitta la pièce.
« Bigre ! », dirent les gendarmes qui prirent la grand-mère pour une folle. Pour couper court à une conversation qui sentait le soufre, ils lui promirent de lui rendre visite, dès qu'elle recevrait à nouveau son petit-fils.
Deux mois plus tard, le vilain perturbateur passait un week-end chez sa grand-mère. Les gendarmes se rendirent sur les lieux de cet événement surnaturel. En leur présence, aucun objet ne bougea. Ils inspectèrent la maison et ne constatèrent rien d'anormal. Bertrand avait l'air calme. Néanmoins, ils recueillirent le témoignage de la grand-mère et interrogèrent l'enfant qui, manifestement, ne comprenait pas les questions qui lui étaient posées. Les gendarmes en conclurent que la vieille dame avait inventé cette histoire pour ne plus garder son petit-fils. Quant au maire du village, il évoqua des esprits frappeurs qui pouvaient se manifester en présence d'un sujet doué de pouvoirs paranormaux. L'opinion du maire a profondément troublé les parents de Bertrand : ils regardent maintenant leur fils d'un autre œil…

15

Un garde-chasse trop zélé

« Plus mécréant que le garde-chasse Pierre Grosminet tu meurs ! », gueulait le dénommé citoyen quand il franchissait la porte de l'unique café-tabac-journaux du village de Croisilles, en Normandie. C'était sa façon un peu rude de dire « bonjour ». Trapu, costaud, gouailleur et paillard, ce garde-chasse était particulièrement craint par la population.

Il n'avait qu'une passion, son métier ; l'anti-braconnage, c'était son univers, son gibier et sa raison de vivre. Le calibre douze toujours en bandoulière, la gibecière à l'épaule prête à enfourner « le corps du délit », Grosminet était sans cesse sur le qui-vive !

Dès qu'approchait l'ouverture de la chasse, le garde manifestait une fébrilité sans pareil. Il humait le vent à travers les champs et sursautait au moindre claquement. Un vieux braconnier du village, le Père Moreau, qui ne pouvait plus courir les bois à cause de l'infirmité de l'une de ses jambes, s'en amusait :

— T'sais même plus distinguer un coup de fusil d'une portière de voiture, mon gars !

Peut-être, mais Grosminet semait la peur parmi tous les « bracos ». En effet, il était réputé pour ses « planques » interminables, de jour comme de nuit, dans les environs de Croisilles. Il avait ainsi pris sur le fait de nombreux *délinquants* qui chassaient, soit sans permis, soit sur les terres d'autrui sans y avoir été autorisés, soit en dehors de la période de la chasse, soit en tuant du gibier non autorisé. Un nombre important d'entre eux avait subi les foudres du tribunal correctionnel de Caen. Dès lors, Grosminet, le spécialiste du « flagrant délit » du délit de chasse, avait quelques ennemis. Il fallait qu'il surveille ses arrières… Mais, attention à celui qui aurait voulu s'en prendre à sa personne ! Le garde-chasse était un remarquable tireur et, de plus, champion de ball-trap !

En 1978, Grosminet reçut la mission de surveiller une chasse qui avait été louée par un étranger au village dont le bailleur était un riche exploitant agricole. L'étranger, un homme d'affaires parisien, pour épater ses amis, leur avait lancé une invitation à une retentissante ouverture : « Gibier à satiété et calva à gogo ! » Grosminet comptait donc honorer sa réputation de garde-chasse d'élite. Il l'avait dit au Parisien :

— Les braconniers, ça se flaire. Je connais les moments qu'ils choisissent pour agir, leurs habitudes et leurs techniques.

Dès qu'il eut l'impression que se déroulaient des allées et venues suspectes dans la plaine, il n'en dormait plus, ce qui indisposait sa femme :

— Si ça continue, tu iras dormir dans le salon.
Aussi, un soir de pleine lune, il entama sa surveillance. Pas un souffle, pas un aboiement. Un ciel éclairant à perte de vue. Cette nature calme ne dura pas. Très loin, il perçut le démarrage du moteur d'un tracteur. Il se dit : « Un tracteur, minuit passé, début septembre ! Pendant les moissons, cela se conçoit mais pas à cette saison. »
Quelques minutes plus tard, à travers les haies et dans l'encaissement d'un chemin, il vit la lueur de deux phares. C'était ceux d'un tracteur. Celui-ci s'engagea dans le labour où se trouvait embusqué le garde-chasse. Ensuite, l'engin agricole zigzagua, ses projecteurs dirigés vers le sol.
« Drôle de façon de tracer des sillons », pensa Grosminet.
À peine eut-il terminé cette réflexion qu'il constata l'immobilisation du tracteur, une baisse du régime de son moteur et entendit presque aussitôt un coup de feu qui claqua.
Du châssis du tracteur, descendit une ombre frêle, celle d'un enfant sans doute. L'ombre courut, guidée par les phares, se baissa pour ramasser quelque chose, puis remonta à bord.
Le tracteur reprit sa besogne, en zigzaguant, puis s'arrêta à nouveau. Un nouveau coup de fusil retentit. Puis, une ombre plus grande sauta rapidement de la cabine du tracteur.
— C'est une femme, marmonna Grosminet.

Cette fois-ci, il avait compris :
— Si je n'interviens pas, la chasse sera décimée !
Dès lors, il s'élança et somma le conducteur, à l'aide de son porte-voix, à stopper son tracteur.
Un instant de panique semblait agiter les braconniers. Les deux silhouettes entrevues quelques minutes auparavant se tenaient près du tracteur, tétanisées. Dans le faisceau de sa puissante lampe-torche, Grosminet eut la surprise de constater la présence du bailleur du Parisien, le propriétaire de la chasse, un nommé Paul Malandain, de son épouse et de sa fille.
Ce gros fermier avait la passion du gibier et ne put résister à la tentation de « tâter le terrain » à quelques jours de l'ouverture de la chasse.
Mais pour Grosminet, le flagrant délit de chasse en temps prohibé et sur terrain d'autrui (car loué) sans autorisation était constitué. Il libéra les deux femmes et ordonna au *délinquant* de conduire son tracteur jusqu'à la mairie qui se trouvait dans le centre du village.
— Je coupe tout droit, dit le conducteur.
Le tracteur roula d'abord bien droit, puis zigzagua frénétiquement, comme pour faire tomber le garde-chasse qui était assis sur un garde-boue. L'engin agricole s'approchait de l'extrémité du champ qui, dangereusement, surplombait la route d'accès au village. À cet endroit, le fermier accéléra à fond et précipita sa machine sur la route. Projeté au sol,

Grosminet faillit être écrasé par l'engin. Mais il ne put éviter la décharge d'un coup de fusil qui claqua, le troisième de la nuit.
Les gendarmes se rendirent sur les lieux et procédèrent aux constatations d'usage. Le garde-chasse avait la moitié de la tête arrachée par un coup de fusil parti presque à bout portant, celui d'un calibre douze.
Malandain reconnut les infractions de police de la chasse qu'il avait commises et les circonstances de son interpellation par Grosminet. Il déclara aux enquêteurs que la pédale d'accélérateur du tracteur s'était coincée lorsque l'engin fut à l'extrémité du champ et qu'il n'avait pu éviter, à cause de l'obscurité, la chute de son véhicule. Sous le choc, déplora-t-il, son fusil, accroché à l'intérieur de la cabine, percuta la cartouche restée dans la culasse. Pour lui, c'était un accident. Le procureur de la République de Caen fit libérer Paul Malandain, à l'issue de sa garde à vue, aucun élément à charge n'ayant pu être retenu contre lui. L'affaire fut ensuite classée sans suite.
Si des braconniers invétérés et quelques villageois ne furent pas émus de la mort de Pierre Grosminet, les mêmes et d'autres habitants ne regardèrent plus Malandain de la même manière qu'ils le faisaient auparavant. Lorsque le fermier entrait dans le débit de boissons du village, ceux qui *touillaient* le domino ne parlaient plus qu'à mi-mot et leurs courtes conversations étaient agrémentées de clins d'œil,

comme affectionnent les Normands pour communiquer, tout en avalant rincette sur rincette.
Le jour des funérailles de Pierre Grosminet, le curé affirma qu'il était mort accidentellement. Cependant, quelques personnes exprimaient en toute discrétion une réflexion bien normande : « P'têt ben qu'oui, p'têt ben qu'non. »
Lorsque qu'un nouveau garde fut nommé, la presse se fit l'écho de la mystérieuse mort du garde-chasse le plus mécréant de la région… Les braconniers continuèrent à jouer *au chat et à la souris* avec le nouveau venu.

16

La messe noire

Caux, Ouche, Perche, Auge, Bessin, Cotentin... les pays qui composent la Normandie sont particulièrement riches en cathédrales et en églises. Les chapelles y sont très nombreuses ; certaines, rattachées à des propriétés privées, servent parfois à des pratiques que la religion et la morale réprouvent. Un samedi soir de l'année 1979, une jeune femme, Maryse Bertrand, fut entraînée par une collègue de travail dans une incroyable cérémonie qui se déroula dans le secret d'une chapelle désaffectée, en pleine campagne rouennaise.

Sous le prétexte de rencontrer un groupe de spirites tourneurs de table et invocateurs d'esprits par médium interposé, Maryse se trouva mêlée à une véritable messe noire. Les participants assistent à des rituels macabres et invoquent le diable en lui demandant la plupart du temps, d'après les archives de la gendarmerie et de la police, de l'argent, une longue vie de jouissance des richesses de ce monde et une sexualité débridée. L'histoire fait référence à des messes noires depuis fort longtemps. C'est

néanmoins sous le règne de Louis XIV qu'elles ont le plus défrayé la chronique judiciaire, en étant mêlées, notamment, à l'affaire des poisons.
Le but de la messe noire est d'offrir un « saint sacrifice » au « prince de ce monde », c'est-à-dire Satan. Jadis, cette messe s'identifiait au sabbat des *sorciers* qui rendaient hommage au diable. Cette parodie, qui profanait la Sainte Liturgie, était très souvent accompagnée du sacrifice d'un bébé abandonné. Tout *sorcier*, accusé de cette pratique diabolique, était condamné au bûcher, et beaucoup furent brûlés vifs !
Une douzaine de personnes, hommes et femmes, habillées en moine, assistaient à cette messe infâme, au rite dénaturé, avec des invocations à Satan et un simulacre de sacrifice humain.
Maryse Bertrand aperçut un bébé, bien vivant, déposé sur le ventre d'une jeune fille allongée nue sur l'autel de la chapelle, au milieu de candélabres et de ciboires. De l'assemblée montait un pseudo-chant liturgique en l'honneur de Belzébuth, prince des démons. Vêtu de vêtements sacerdotaux anciens, un faux prêtre officiait. Il invoqua les démons et le diable en ces termes :
« Ô Satan, très puissant, toi qui règnes sur la terre, je t'invoque et te conjure de nous accorder l'appui de ton pouvoir terrestre pour combattre tes ennemis. Je t'adjure de faire droit à ma prière... »
À la fin de son oraison, il versa sur le nouveau-né un liquide rouge qui semblait être du sang. Puis, tout d'un

coup, l'assistance se livra à des attouchements impudiques, prémices d'une orgie. Chacun était nu sous sa tunique...

Maryse Bertrand s'enfuit discrètement, au bord de l'écœurement, abandonnant ces dépravés à leurs fornications. La vue du bambin l'avait bouleversée. Alors, quelques jours plus tard, elle se décida à conter son aventure aux gendarmes. Ceux-ci firent une enquête discrète. La chapelle était implantée sur une propriété privée et l'enfant était celui de l'un des participants à l'orgie.

La justice ne put intervenir contre ces adultes qui avaient consenti à cette *mise en scène* grotesque et immorale. L'affaire intéressa seulement le juge des enfants et la gendarmerie qui se livra longtemps à une surveillance des abords de cette propriété privée. La loi est finalement désarmée face à ce type de comportement.

17

Notre-Dame de l'Huis-Ouvert

Depuis le XIIIe siècle, la chapelle de Notre-Dame de l'Huis-Ouvert, à Feugères, près de Lozon (Manche), est un lieu de pèlerinage très ancien. Déjà, en 1334, l'archidiacre de Coutances la citait sous l'appellation de « chapelle de la Vierge ».

Surmonté d'un clocheton, l'édifice présente des proportions simples et précède une cour ombrageant, sous le jardin du presbytère, une reproduction de la grotte de Lourdes avec l'Immaculée Conception et sainte Bernadette.

Sa dénomination actuelle remonterait à la Révolution, quand un officier municipal décida de transformer la chapelle en grenier à blé. La légende rapporte que la Vierge s'opposa à cet ennemi de la foi. Ainsi, fermée à clé le soir, la porte se retrouvait grande ouverte le lendemain matin. D'où le vocable donné à la statue virginale qui trône en haut du chœur, adossée au mur, côté épître : Notre-Dame de l'Huis-Ouvert.

Chaque année, le 8 septembre, à l'occasion du pèlerinage, les prédicateurs de la foi chrétienne ne manquent jamais de donner le sens qui convient à ce terme « l'Huis-Ouvert ». Attribué à la mère de Jésus, il signifie l'ouverture du Cœur, plein d'amour pour ses dévots, par lequel passent les prières et les grâces. Le nom donné à la chapelle n'explique pas, par contre, la raison pour laquelle ce Saint Lieu a la réputation de faire des miracles en matière de guérisons de dermatoses appelées dans la région « vessies Notre-Dame brûlées ». Cette expression désigne certaines affections cutanées, en particulier celles occasionnées par des brûlures, la varicelle, la bulleuse et l'érythème fessier.

La fréquentation de Notre-Dame de l'Huis-Ouvert par les fidèles reste encore aujourd'hui très importante, eu égard du nombre de messes dites dans la chapelle : entre quatre cents et cinq cents chaque année.

Cet engouement s'explique par les nombreuses guérisons attestées par des témoins. D'ailleurs, la presse en a rendu compte à plusieurs reprises. À titre d'exemple, dans les années quatre-vingt, Marthe et Pierre Richard, demeurant au Mesnil-Eury, ne comprenaient pas pourquoi la peau de leur petit Jean présentait de grosses boursouflures pleines d'eau. Toutes les parties du corps étaient atteintes par ce mal que les médecins ne pouvaient juguler. Alors, la mère décida de faire dire des messes à Notre-Dame de l'Huis-Ouvert. Le mal s'arrêta, puis régressa pour disparaître au bout de dix jours...

Devant les épreuves, les maladies et les infortunes de toutes sortes, nombreux sont les gens, même ceux dont la foi est peu ancrée, qui vont en pèlerinage dans des lieux rattachés à des saints guérisseurs. Sans compter les plus renommés tels que Lourdes ou Lisieux, la France compte une soixantaine de sites qui ont permis à des désespérés de recouvrer la santé. Quant au corps médical, il se borne à constater ces guérisons tellement inexplicables que des médecins, eux-mêmes, y envoient leurs patients dans l'espoir d'un mieux-être providentiel.

18

L'accident de chasse

La Normandie n'est pas seulement le pays des verts pâturages où de lents cours d'eau serpentent au milieu de grasses prairies. Elle présente aussi des forêts, des collines et des bois qui sont très prisés par les chasseurs. Dans l'Orne, le Bocage normand n'est pas sans rappeler par certains côtés les paysages de la Bretagne, avec landes et bruyères, gorges et escarpements. Le Bocage domfrontais, appelé « Passais », en est un exemple : ici des pierres, des forêts et des landes, là des vergers et des pâturages.

Cette contrée porte également la trace d'événements historiques. La « fosse Arthour » rappelle que le roi Arthur et ses chevaliers de la Table ronde passèrent par cet endroit... « Lonlay-l'Abbaye » évoque le souvenir de Guillaume de Bellême qui fit édifier en ces lieux, au XIe siècle, une abbaye de bénédictins.

Fermes-manoirs et gentilhommières aux murailles solides et aux fossés profonds sont les témoins d'un passé où les riches nobles avaient à cœur d'assurer leur sécurité. Outre les brigands de toutes espèces, il fallait aussi se garder des sorciers qui se réunissaient dans les bois, à chaque solstice d'été, pour préparer leurs diableries...

À quelques kilomètres de Domfront, le manoir de Paul Dutertre est de ceux qui embellissent les promenades dans le Passais. Fier de sa résidence secondaire, ce chirurgien-dentiste de Paris réunit à chaque ouverture de la chasse une dizaine d'amis aussi férus que lui pour cette activité.

En 1980, comme à l'accoutumée, Paul Dutertre et ses amis se donnèrent rendez-vous au manoir. Dès le premier jour, au petit matin, ils ne manquèrent pas de pratiquer leur rite immuable. Il était entendu que tout le monde rentrerait à treize heures pour bénéficier d'un déjeuner fort copieux, dernière phase de la partie de chasse autant importante que la précédente, même davantage pour certains...

En attendant le moment de passer à table, les chiens frémissaient, les narines battantes, et les hommes se tenaient prêts à tirer. Fox, le chien de Paul Dutertre, devinait toutes les traces de gibier, distinguait celles du lièvre et du lapin, découvrait les passages, l'empreinte large du sanglier. Sans hésiter, il savait prendre le vent, faire le détour nécessaire pour tromper les grives et les rabattre sur les tireurs. C'était un animal qui vivait dans une continuelle atmosphère de chasse, comme s'il était lui-même un braconnier. C'était en réalité à la fois un chien de race et un renard malin, un expert plein de ruse.

Justement, la chasse fut perturbée par un renard malin qui allait, traversant les broussailles, sans presque les remuer, sautant les fossés dont les herbes étaient encore gluantes de rosée. Ce renard perturbait depuis quelque temps la vie des fermiers des alentours et ceux-ci s'en étaient ouverts à Paul Dutertre :
— Si vous l'apercevez, pendant votre chasse, abattez-le !
Réaction bien compréhensible à l'égard d'un animal sauvage qui surprenait régulièrement ses proies, mal éveillées, au petit matin. Le *goupil* aimait se tenir à l'affût de ses victimes, par exemple les occupants d'un nid caché dans une haie, faussement rassurés par le silence de la nature. Il affectionnait surtout de se poster près des poulaillers, tapi derrière la végétation, et de regarder les volailles caqueter au soleil levant. D'un bond, il surprenait une poule, un dindonneau ou quelque autre animal à plumes puis filait comme un éclair roux et silencieux…
Pendant que Paul Dutertre et sa troupe s'évertuaient à *régler son compte* à ce prédateur, à cette terreur des basses-cours, Jacques Lucerne, qui ne participait pas à la curée, arriva au manoir afin de participer au repas, digne de Pantagruel, qui attendait les chasseurs. Accueilli à l'heure convenue par Martine, l'épouse de son ami Paul, il patientait dans la bibliothèque en attendant la fin de la chasse. À treize heures trente, les *fines gâchettes* de la région n'étaient toujours pas là. Martine Dutertre déclara à Jacques Lucerne que son mari et ses compagnons ne tarderaient guère à rentrer.

À quatorze heures, toujours personne !... La maîtresse du logis proposa à son invité de passer à table. Tant pis pour les autres ! Les hors-d'œuvre furent servis par la bonne et les deux convives devisaient gaiement de choses et d'autres. Ils plaisantaient sur les raisons supposées du retard des chasseurs, en évoquant des beuveries de rendez-vous de chasse ou de la honte d'un trop zélé disciple de saint Hubert à rentrer bredouille... Mais l'heure avançait. Le rôti venait d'être servi. Martine et Jacques commençaient sérieusement à s'étonner de la longueur d'un retard auquel Paul Dutertre, d'une courtoisie à toute épreuve, ne les avait guère habitués.

Tout à coup, la fenêtre de la salle à manger, qui était entrouverte, se referma avec fracas et se rouvrit instantanément ! Le temps magnifique, sans un souffle de vent, ne pouvait être la cause d'un tel phénomène.

— Un malheur vient de se produire ! s'écria Martine en se levant de table, le visage marqué par l'inquiétude.

Une heure plus tard, les chasseurs rapportèrent Paul Dutertre sur une civière, sérieusement blessé. Dans la confusion qui avait régné parmi les tireurs pour abattre le renard, le chirurgien-dentiste avait reçu accidentellement un coup de fusil dans le dos, heureusement parti de loin. Il avait perdu connaissance presque aussitôt et, croyant mourir, avait murmuré ces mots : « Ma pauvre chérie ! Pardonne-moi de partir ainsi. »

La fenêtre de la salle à manger s'était refermée puis rouverte à l'instant même où Paul Dutertre fut terrassé. Certains spécialistes du paranormal ont estimé que cet accident de chasse était un exemple de télesthésie ou « transport par la pensée ». Les multiples cas de télesthésie recensés depuis de nombreuses années permettraient d'envisager que l'homme peut, dans certaines circonstances très exceptionnelles, projeter sa pensée transformée en énergie vers un être cher pour lui transmettre un message.

Un courant d'air, très probablement, ferma et ouvrit la fenêtre…

19

L'esprit protecteur

« Paris, Rouen et Le Havre sont une seule ville dont la Seine est la grande rue », disait l'empereur Napoléon. Au-delà de Vernon, cette grande rue présente d'inconstantes boucles, comme si le fleuve voulait s'attarder en Normandie avant de se jeter dans la mer. De belles légendes ont laissé leur empreinte sur ses deux rives.

À la fontaine Sainte-Clotilde, aux Andelys, jaillit une eau glaciale que la sainte changea en vin pour désaltérer les ouvriers qui bâtissaient le monastère et l'église de la ville.

Un éperon rocheux, au-dessus du confluent de la Seine et de l'Andelle, nommé la côte des Deux-Amants, rappelle le drame émouvant vécu par les « Roméo et Juliette » normands.

D'après une chronique du XIIe siècle, le roi de Pîtres refusa de se séparer de Calixte, sa fille unique, dont la beauté ingénue attirait mille hommages. Il usa alors d'un subterfuge pour décourager les prétendants. En effet, il n'accepterait pour gendre qu'un chevalier qui aurait assez de force et de courage

pour porter la jeune fille dans ses bras en courant jusqu'au sommet de l'éperon rocheux.
Le fils d'un comte, amant de la belle, tenta l'épreuve et mourut épuisé au terme de son parcours. Calixte choisit de se suicider au côté de son bien-aimé. Les deux amants furent mis en terre sur la colline qui perpétue encore aujourd'hui leur souvenir.
L'histoire qui va suivre pourrait être considérée par beaucoup comme la continuité des légendes de jadis. Pourtant, elle est authentique et a justement pour cadre la région des Andelys.
Un soir de juillet de l'année 1980, Gilles Marais, masseur-kinésithérapeute, et son épouse Michèle, infirmière, devaient se rendre chez les Martin qui organisaient une séance de spiritisme. Michèle n'était pas en forme : une migraine la tenaillait. Aussi, elle proposa à son mari d'y aller sans elle. Celui-ci acquiesça, d'autant que leur couple ne fonctionnait pas très fort depuis quelque temps. Gilles avait en effet une maîtresse...
Mme Marais se cala confortablement sur son lit, en compagnie de son petit caniche, Snoopy. Fatiguée, elle n'eut pas le courage d'aller chercher dans la cuisine les cachets vitaminés que son époux lui avait préparés avant de partir. Plongée dans une douce torpeur, elle écoutait de la musique. En même temps, elle s'imaginait les invités des Martin rassemblés autour d'un guéridon qui servait à communiquer avec les esprits. Elle avait déjà assisté à ce

type de réunion qui débutait toujours par le fameux « Esprit es-tu là ? Si tu es là, frappe trois coups ! ». La communication s'effectuait par l'intermédiaire d'une sorte d'alphabet morse : un coup pour la lettre A, deux coups pour B et ainsi de suite, avec un temps d'arrêt entre chaque série de coups représentant une lettre. Ces *diableries* l'amusaient beaucoup. Elle ne croyait pas du tout aux révélations faites par l'*esprit* qui entrait en contact avec les participants. Et pourtant, elle changerait bientôt d'avis...

Marais était absent depuis trois heures quand son épouse, bizarrement, ressentit un court instant une présence indéfinissable dans la maison. Elle sourit en s'accusant d'avoir une imagination fertile.

Un peu plus tard, plusieurs coups sourds se firent entendre à l'étage. Cette fois-ci, Michèle voulut se convaincre qu'elle divaguait, qu'elle n'avait pu percevoir de tels bruits. Mais sa raison ne parvint pas à réfréner une peur atroce, celle qui coupe le souffle et les jambes et qui, comme dans un sursaut, se transforme en une panique irraisonnée. Recroquevillée dans son lit, elle s'efforça d'attendre avec patience le retour de son époux.

Vers une heure du matin, le téléphone posé sur la table de nuit sonna. Le temps de tendre un bras tremblant pour décrocher, la sonnerie s'était arrêtée. Au même instant, Michèle perçut la chute d'un récipient sur le sol de la cuisine. Le responsable ne pouvait être le chien ; il dormait sur le lit. Mais lui

aussi avait entendu car il se dressa sur ses pattes. Puis, d'autres coups résonnèrent...
Totalement paniquée, Michèle se saisit d'un pistolet, brancha toutes les lumières et inspecta les chambres du premier avec Snoopy sur ses talons, qui aboyait rageusement. Elle ne remarqua rien d'insolite. À moitié rassurée, elle redescendait l'escalier quand le téléphone émit à nouveau son grelot. Michèle courut vers l'appareil du salon. Trop tard ! Le correspondant avait encore raccroché. Elle songea à un plaisantin...
Elle n'avait pas encore vérifié ce qui s'était passé dans sa cuisine. En y pénétrant, quelle ne fut pas sa surprise de constater que le verre qui avait contenu le produit médicamenteux s'était brisé sur le sol ! Certainement assoiffé, le chien s'empressa de lécher le liquide en prenant garde de ne pas se couper avec les débris.
Snoopy venait à peine de terminer de se désaltérer lorsque les coups reprirent de plus belle. Michèle sauta sur le téléphone et composa le numéro des Martin dans l'intention de prier son mari de revenir immédiatement. La tonalité gémit à plusieurs reprises mais personne ne répondit. Alors, terrorisée, elle appela un taxi, s'habilla à la hâte et quitta le pavillon sans même songer à prendre son caniche.
Quelques minutes plus tard, elle frappait à la porte des Martin. Ce fut Gilles qui ouvrit. Il la regarda avec stupeur, lui déclara qu'il avait essayé de la joindre par téléphone pendant une demi-heure et

en indiqua la raison : un esprit qui refusait de dire son nom avait voulu absolument lui parler, et à personne d'autre. Celui qui conduisait la séance avait rétorqué qu'elle n'était pas présente. L'esprit avait alors exigé de faire venir Michèle, d'où les appels téléphoniques incessants.

Enthousiasmés, les adeptes du spiritisme décidèrent de renouer l'entretien avec l'esprit puisque Michèle était présente.

L'assistance se rassembla autour du guéridon, les mains unies. Au bout de quelques secondes, l'un des pieds heurta le sol à plusieurs reprises, avec un rythme que Michèle certifia identique à celui des coups entendus dans sa maison. Le message obtenu fut clair : « Michèle, Gilles devait te tuer ce soir. »

Un silence gêné accueillit cette affirmation. Seule Michèle trouva la chose très drôle. Décidément, les spirites n'étaient pas très sérieux...

Les Martin essayèrent de relancer le dialogue avec l'esprit anonyme. Mais celui-ci resta muet.

Estimant que la plaisanterie avait assez duré, Michèle invita fermement son époux à rentrer. Le couple prit donc congé de leurs amis et rejoignirent leur domicile sans échanger un mot. Une fois chez elle, Michèle se précipita dans la cuisine afin de boire un verre d'eau. Au seuil de la porte, elle poussa un grand cri ! Snoopy gisait sans vie sur le carrelage ! Elle comprit enfin pourquoi son protecteur de l'Au-delà l'avait tant tourmentée. Folle de douleur, elle mit sa petite bête dans ses bras et, sans rien emporter d'autre, elle quitta le logis conjugal. L'infirmière se rendit directement chez son père, un retraité de la police, et lui conta l'hallucinante histoire.

L'ancien fonctionnaire retrouva ses réflexes professionnels d'antan. Il déposa le chien de sa fille dans le congélateur. Le surlendemain, le caniche fut autopsié. L'analyse des viscères détermina un empoisonnement à la mort-aux-rats ! La procédure judiciaire ne faisait que commencer...

20

La main du baron

Parcourant le journal *Ouest-France* dans sa résidence normande une matinée ensoleillée du mois de juillet 1980, un professeur de lycée, Lucien Sarreau, s'intéressa vivement à une petite annonce libellée comme suit : « À vendre armoire normande XVIIIe siècle. Prix sacrifié. »
Il se rendit en voiture à l'adresse indiquée, dans un hameau isolé du pays d'Auge, entre la Touques et la Dives. Sur un large tapis vert égayé par des pommiers se tenait un superbe château, propriété de l'annonceur, M. Jacques Petit. Aucun plan précis ne semblait avoir présidé à l'ordonnance du corps principal. Sur un curieux toit de tuiles descendant jusqu'aux fenêtres de l'entresol voisinaient une lucarne et deux pignons en saillie qui rompaient délicieusement l'unité de la façade. À gauche, en avancée, une tourelle polygonale, faite en pierre, montrait sa majesté.
Jacques Petit invita Lucien Sarreau à pénétrer dans cette pittoresque demeure. L'enseignant resta

bouche bée devant les merveilles qu'elle contenait. Son hôte le conduisit au premier étage où il lui montra l'armoire à vendre, très belle et en parfait état malgré le poids des ans. Cette magnifique armoire normande, en chêne patiné, valait assurément une fortune. Le visiteur n'osa même pas en demander le prix qu'il estima bien au-dessus de ses possibilités financières. Remarquant l'intérêt suscité par le meuble, le vendeur réclama seulement 5 000 francs. L'affaire fut immédiatement conclue. Lucien Sarreau en était tout abasourdi. Il venait d'acquérir un objet d'art au quart de sa valeur ! Jacques Petit proposa à l'enseignant de passer au salon où il lui offrit un calvados hors d'âge pour sceller la vente.

Avant de prendre congé, Lucien Sarreau s'enhardit et demanda au châtelain pourquoi il lui avait vendu ce meuble à un si bas prix. Visiblement pris de court, celui-ci hésita dans sa réponse et son visage s'assombrit. S'éclaircissant la voix, il bredouilla que son épouse voulait s'en débarrasser. Cette attitude parut tout de suite suspecte à l'acheteur. L'armoire aurait-elle été volée ? Par la suite, Lucien Sarreau se rendrait compte que le trouble de son interlocuteur avait eu un tout autre fondement.

Le lendemain, l'armoire normande était installée dans la chambre de M. et Mme Sarreau. Lorsque Mathilde Sarreau aperçut l'acquisition de son époux, elle poussa un cri d'admiration et frissonna d'émotion. Caressant le bois de la main, elle frémit

de plus belle. Lucien pensa que son acquisition plaisait vraiment à sa femme et il s'en réjouit.
Le soir même, couché dans son lit, le couple ne cessait d'admirer ce superbe meuble et s'endormit, porté par la félicité. Soudain, au milieu de la nuit, les Sarreau furent réveillés brutalement par un pas lourd suivi de craquements sinistres qui résonnaient dans leur chambre !... Dès qu'ils allumèrent, tout cessa. Après avoir éteint la lampe de chevet, les bruits reprirent. Mathilde commença à sangloter de peur. Lucien fouilla la pièce. Ne trouvant rien de particulier, il décida alors de laisser la lumière et les époux finirent par dormir.
Au matin, Lucien voulut sortir sa Peugeot du garage. Malgré ses efforts, il ne put faire démarrer le moteur. De mauvaise humeur, il appela le garagiste du village qui mit le moteur en marche à l'aide d'une batterie, celle de la Peugeot étant à plat. Stupéfaction du mécanicien et de Lucien, l'accumulateur était encore sous garantie !... Lucien Sarreau se rendit immédiatement dans le bourg pour y échanger la batterie et faire quelques achats.
À son retour, il trouva sa conjointe particulièrement contrariée. En effet, celle-ci lui déclara que l'aspirateur, le réfrigérateur et le lave-vaisselle étaient en panne et que le lave-linge avait des ratés !... Lucien rassura sa femme en mettant en cause l'installation électrique de la maison qui était ancienne.

À la nuit tombée, c'est l'électricité de toute la maison qui ne fonctionnait plus. Le mari déposa une vieille lampe à pétrole sur la table de la cuisine. Il lui ôta son verre, remonta un peu la mèche pour l'enflammer plus facilement à l'aide d'une allumette, remit le verre et passa les deux mains dessus, comme pour dire à son moyen d'éclairage d'un autre temps d'être bien gentil, de ne pas s'éteindre subrepticement.
Comme il était encore tôt, le couple décida de faire une partie d'échecs. Un rond de lumière dorait l'échiquier sur lequel trônaient de magnifiques sujets sculptés. Dans le silence que les paroles de Lucien et de Mathilde morcelaient à peine, le tic-tac de l'horloge de la pièce, avec un bruit d'aiguilles ponctuelles, semblait tricoter de longues minutes douces.
L'électricité se remit à fonctionner après un *échec et mat* de part et d'autre. Y avait-il eu une panne de secteur ? Comme le cœur n'y était pas, ils ne firent pas la belle. Ils se couchèrent et s'endormirent en oubliant les tracas de la journée. Pas pour longtemps, car des craquements parvinrent à nouveau à leurs oreilles !
Troublés, Lucien et Mathilde se hasardèrent à imaginer les motifs les plus fous susceptibles de les déranger dans leur repos. Ils n'avaient jamais cru, jusqu'à maintenant, qu'un phénomène surnaturel pouvait être l'un d'entre eux. Mathilde était infirmière, Lucien professeur de mathématiques. Leur formation intellectuelle leur interdisait d'y croire. Par contre, en tant que catholiques pratiquants,

ils ne pouvaient pas nier l'existence du diable. Le malin s'était-il introduit chez eux ? Ils le redoutaient mais se refusaient à le croire. Comme la nuit précédente, ils laissèrent la lumière branchée et s'enfoncèrent dans un sommeil agité par des songes fantasmagoriques.

Dès son réveil, Mathilde osa dire à son mari que l'armoire normande, qu'elle trouvait si belle, était certainement hantée. Elle ajouta que les vieux meubles se manifestent parce qu'ils se peuplent de toutes les présences humaines qu'ils ont connues et qui sont mortes depuis longtemps. Lucien lui répliqua sèchement, mais sans en être convaincu lui-même, que des gens normaux ne pouvaient prêter foi aux sornettes qu'elle venait de lui débiter. Cependant, il voulut bien admettre que tout allait de travers depuis qu'il avait apporté la vieille armoire dans leur maison. Il reconnut aussi que le bruit de pas et les craquements entendus n'étaient pas le fruit de leur imagination.

Dans l'après-midi, il retourna voir le châtelain. Ce dernier le reçut avec courtoisie. Mais il sentit de sa part une forte anxiété. Directement, Lucien Sarreau lui raconta les curieux phénomènes dont il avait été le témoin avec sa femme. Il ajouta que l'armoire était hantée. Jacques Petit lui répondit qu'elle était effectivement hantée et que son épouse ne supportait plus de dormir la lumière branchée !... Les prières du curé et les interventions de l'exorciste de l'archevêché et celles du magnétiseur-guérisseur de la région n'avaient pu apporter la sérénité dans l'antique habitation... Lucien se mit en colère et lui fit remarquer qu'il aurait pu détruire l'armoire, au lieu de la vendre !

Le couple s'interrogeait. Il devait bien y avoir une explication rationnelle à tout cela. En attendant l'éclaircissement de ce mystère, M. et Mme Sarreau changèrent de chambre.

Un matin, une idée vint à Lucien : démonter l'armoire, cheville par cheville. Bien lui en prit car, lorsque tous les éléments de l'armoire furent éparpillés sur le plancher, il s'aperçut que l'un des tiroirs possédait un double-fond ! L'ayant ouvert, il recula de stupeur : une main d'homme, desséchée, reposait sur une liasse de lettres nouées par un ruban de couleur bleu délavé. Le majeur de l'organe humain portait une magnifique bague du XVIIIe siècle, incrustée d'un gros rubis entouré de diamants et d'émeraudes.

Avec dégoût, Lucien écarta la main de la liasse et retira la bague de la main de son propriétaire pour l'examiner en détail. Assurément, il s'agissait d'un bijou de très grande valeur. Puis, il déplia, une à une, les lettres et les lut avec avidité. Enfin, il avait compris. Leur auteur était le baron Louis Trouvers de La Trappe, chevalier de l'ordre de Saint-Louis, ancien propriétaire du château du roturier Jacques Petit. Afin de libérer sa conscience, dans ces feuillets, le baron avouait avoir empoisonné son épouse pour

s'approprier sa fortune. Pris de remords, pour se punir, il s'était amputé la main droite, à la hache...
Lucien Sarreau remonta l'armoire. Il plaça la main du baron dans une boîte à chaussures et se garda bien de la montrer à Mathilde, encore trop bouleversée. Il fut néanmoins contraint de lui raconter sa trouvaille. Si Mathilde apprécia la beauté de la bague du chevalier de l'ordre de Saint-Louis, elle déclara à son mari sur un ton nerveux que, sous aucun prétexte, ce bijou ne devait rester en leur possession. Quant aux lettres du baron, elle ne voulait même pas les voir.
Quelques jours plus tard, Lucien prit conseil auprès de l'abbé Nouri, ancien aumônier militaire, dont il était l'ami depuis son service national. Il n'évoqua pas le gros rubis et ses *compagnons* qui le serraient de près, les diamants et émeraudes. Il se contenta de parler du reste : la main desséchée, la confession du baron. L'ecclésiastique brûla les lettres, dit une messe à la mémoire de la baronne, bénit la main du baron et, discrètement, l'enterra dans le petit cimetière de son église.
Désormais, tout est redevenu normal dans la résidence normande de Lucien et Mathilde Sarreau. Il y règne même une certaine prospérité. Effectivement, le professeur de mathématiques, qui savait compter comme le lecteur s'en doute, vendit à un riche et discret diamantaire la bague du baron, du côté d'Anvers. Les gens du pays disent que les Sarreau ont fait un gros héritage...

21

Les fantômes préhistoriques

La forêt d'Andaine (Orne) s'étale sur environ treize kilomètres d'ouest en est et sur huit kilomètres de largeur. Elle est riche en chênes, hêtres, bouleaux et pins de toutes tailles. Des routes forestières, des itinéraires équestres et des sentiers piétonniers font la joie des amoureux de la nature.

Jadis, se promener dans la forêt d'Andaine présentait quelques dangers. En effet, le dernier loup a été abattu à la fin du siècle dernier. Maintenant, la « Roche-au-loup » n'est plus qu'un site offrant une belle vue sur les frondaisons. Toutefois, en 1981, un soir d'automne, Marc Pariset, un étudiant de vingt-trois ans, fut à cet endroit le témoin d'un mystérieux événement.

Le jeune homme s'était promené toute la journée dans la forêt. Malgré la saison, l'air était chaud et humide, imprégné des émanations lourdes d'un sol détrempé. Le silence ambiant engourdissait l'esprit du jeune homme et l'incitait à des pensées paisibles. Des troupeaux de nuages noirs envahissaient progressivement

le ciel derrière lui, tandis que devant, l'azur restait encore clair, simplement taché de quelques lambeaux nuageux, détachés de la masse. Dans le lointain, il pouvait entendre le grondement d'un orage dont les éclats furieux se rapprochaient sans cesse. De larges gouttes de pluie commencèrent à tomber. Hélas, aucun refuge ne s'offrait à Marc Pariset. Subitement, un coup de tonnerre retentit et les nuages frémirent, déchirés par un éclair bleuâtre. Des torrents de pluie se déchaînèrent, accompagnés des détonations de la foudre qui se succédaient les unes aux autres. Tout tremblait et palpitait, y compris le jeune étudiant. C'était un chaos de sons grondants, de frémissements, d'échos répercutant les roulements et leur donnant une vie nouvelle. Cela semblait la purification de la terre souillée par le feu du ciel en fureur, et la terre semblait trembler de peur devant cette colère déchaînée. Puis, l'obscurité s'étendit doucement sur la forêt. La pluie avait cessé.
Marc Pariset se laissa surprendre par la nuit complète et se sentit complètement perdu dans cette immense forêt. Autour de lui, ce n'étaient que des grands arbres dont les ombres augmentaient l'aspect sinistre des lieux. Seule une vague lueur dans le ciel lui indiquait la direction du couchant qu'il suivit, dans l'espoir de rejoindre une route forestière. Il était néanmoins rassuré par la présence de son chien Sultan, un superbe berger allemand, bien que celui-ci, humant l'air et reniflant les traces

d'animaux, aboyât à chaque frémissement du sous-bois. Alors, l'étudiant, pour se donner du courage, se mit à chanter, à haute voix et de toutes ses forces. Il chantait à pleins poumons toutes les chansonnettes qui lui venaient à l'esprit, absolument convaincu qu'il ne gênait personne.
Soudain, au détour d'un chemin, Sultan dressa son museau et se mit à hurler à la mort. Son maître eut beau le caresser ou lui flatter l'encolure pour tenter de le calmer, il était comme fou. Il tirait tellement fort sur sa laisse qu'il finit par la casser et fila vers le sous-bois en aboyant à tue-tête.
Marc courut derrière lui en l'appelant. Au bout de deux ou trois minutes, il n'entendit plus son chien. Alors, le jeune homme se surprit à frissonner, sentant au fond de lui-même sourdre une inexplicable angoisse. Il avança dans le noir, parfois à tâtons. Des bruits furtifs de bêtes, cerfs, chevreuils ou sangliers faisaient sursauter Marc. Le lourd battement d'ailes d'oiseaux qui s'envolaient lui glaçait le sang. Se raisonnant, il continua à appeler son chien en progressant à l'aveuglette dans cette forêt qu'il aurait préféré ne pas connaître.
Tout d'un coup, le hululement d'un rapace nocturne fit sursauter l'étudiant. Tous les sens aux aguets, il perçut une sorte de bruissement, comme celui d'une invisible foule silencieuse marchant à travers le bois. Redoublant de prudence, il se retrouva dans une clairière d'où il remarqua un grouillement

d'ombres furtives qui débouchèrent de la lisière du sous-bois et qui allèrent en tous sens. À cet instant, comme par miracle, Sultan vint frotter craintivement son flanc contre les jambes de son maître. Marc avait aussi peur que son chien. Il claqua des dents quand il aperçut la foule d'ombres s'ordonner en un cortège qui serpenta entre les arbres jusqu'à ce qu'elle eut atteint une vaste clairière.

À nouveau, un orage éclata. À la lueur des éclairs qui zébraient le ciel juste avant le fracas du tonnerre, Marc vit distinctement, durant une seconde, que tous ces inconnus, armés de gourdins informes et à peu près nus, avaient un faciès d'hommes préhistoriques et qu'ils portaient des peaux de bêtes. Dès que la pluie cessa, l'un d'entre eux alluma un feu qui dégagea bientôt une odeur de viande grillée. Des cris rauques et des grognements inarticulés accompagnaient cette réunion d'un autre âge.

Pris de panique, Marc tira son chien et tous deux s'enfoncèrent rapidement dans la forêt. L'homme et la bête se blottirent dans des fourrés jusqu'au lever du jour, en guettant le moindre bruit.

Avant de rentrer chez lui, Marc Pariset, qui n'était pas encore tout à fait remis de ses émotions, voulut vérifier si, la veille, il n'avait pas rêvé. Il retourna avec Sultan sur les lieux de l'étrange phénomène. Parvenu à la bordure de la clairière, le berger allemand grogna et refusa d'aller plus loin. Alors, l'étudiant s'avança seul et il découvrit les vestiges d'un feu récent.

Une odeur de viande rôtie flottait encore dans l'air et des os d'animaux fraîchement rongés jonchaient le sol... Depuis ce jour, Marc Pariset est convaincu d'avoir été le témoin d'une scène de la vie préhistorique, à l'occasion d'une rupture de l'espace-temps. À moins qu'il ait assisté à une cérémonie organisée par des adeptes militant pour un retour à la nature...

22

Les envoûtés du pays d'Auge

Le pays d'Auge recèle dans l'intimité de son bocage d'innombrables manoirs qui, grâce au talent des tailleurs de pierre et des charpentiers, prennent souvent des allures de châteaux en miniature. Pans de bois, hourdis de torchis, de briques ou de tuileaux disposés en motifs géométriques variés, couvertures de chaume ou de tuiles confèrent à ces demeures campagnardes un charme discret.

Victot-Pontfol, au bel appareil de brique et de pierre ; Coupesarte, qui mire dans l'eau de ses douves ses façades à colombages ; Saint-Germain-de-Livet, qui évoque la vie seigneuriale dans les dernières décades du Moyen Âge ; et bien d'autres...

Ce fut à proximité de l'un de ces bijoux de l'architecture normande qu'un petit village sans histoires s'éveilla un dimanche matin de novembre 1982, ignorant qu'il était encore un lieu de *sorcellerie* digne du Moyen Âge.

Il n'était guère plus de huit heures du matin lorsque M. Roger Pourgine se rendit à la décharge publique, située à deux kilomètres du bourg, pour y jeter quelques vieilles ferrailles qui embarrassaient son garage. Alors qu'il descendait de son véhicule, il aperçut avec stupéfaction le corps d'un homme en train de se consumer !...

Pourgine partit immédiatement alerter le maire. Les faits paraissaient si incroyables que l'officier municipal se rendit d'abord à la décharge avant de prévenir le commandant de la brigade de gendarmerie.

Lorsque les gendarmes arrivèrent, le corps brûlait toujours ! Le temps d'éteindre les dernières flammèches, d'alerter le capitaine commandant la compagnie de gendarmerie et le procureur de la République, l'enquête commençait dans le noir le plus complet...

Sectionné en deux parties au niveau du bassin, avec la tête séparée du tronc et posée contre le thorax, le cadavre reposait sur une housse en matière plastique en partie déchirée et consumée. Le corps, très abîmé par la crémation, était éviscéré. Les membres inférieurs, brûlés en partie, étaient contenus dans un pantalon de couleur beige. Une partie de la jambe gauche, désarticulée sous le genou, manquait. À la tête adhéraient quelques touffes de cheveux clairs. Sous le corps, un sac en plastique laissait entrevoir des viscères d'où suintait un peu de sang.

Le médecin légiste était absent. Le généraliste local requis estima que le décès remontait à quelques jours sans autre précision. Les enquêteurs pensèrent tout de suite à une mort d'origine criminelle. Ils ratissèrent la décharge publique et trouvèrent, tout près du corps mutilé, une photographie montrant un groupe de personnes attablées et levant leur verre. Curieusement, la silhouette de l'un des convives avait été découpée.

Les gendarmes ne pouvaient savoir si cette photographie se trouvait là avant le dépôt de la dépouille mortelle. C'était la seule piste à suivre à ce stade de l'enquête. Mais l'identification des personnages s'avérait difficile.

Plusieurs tirages photographiques furent immédiatement réalisés par la gendarmerie en vue d'une large diffusion auprès de la population. Au milieu de l'après-midi, un habitant crut reconnaître, parmi les convives, Julien Daxon, un honnête commerçant âgé de trente ans et père de famille. Aussitôt, la maréchaussée se rendit chez lui. Il se reconnut effectivement sur la photographie mais expliqua qu'il avait récemment fait du rangement et jeté des choses inutiles aux ordures, notamment cette photographie. Conduit dans les locaux de la gendarmerie, l'intéressé maintint ses dires.

L'incroyable vérité allait commencer à jaillir grâce à Marceline, l'épouse du commerçant. En effet, face aux gendarmes, la jeune femme se troubla et donna des explications confuses quant au découpage de la photographie... Puis, finalement, elle « craqua » et avoua qu'au cours de la nuit de samedi à dimanche, son mari s'était livré à des rites de désenvoûtement dans la cave de leur maison, en compagnie d'une amie prénommée Suzanne et de son concubin, Pierre. Marceline Daxon affirma ignorer ce qu'ils avaient fait. La perquisition de la cave fut édifiante. Dès la porte entrouverte, les militaires comprirent qu'un cadavre avait séjourné dans ce lieu, tellement l'odeur y était pesante. Des statuettes en plâtre et des cierges à moitié consumés reposaient sur une table. Une brebis, égorgée et vidée, pendait à une poutre du plafond. Sur une autre table, six cercueils en sapin, d'une longueur de cinquante centimètres, contenaient chacun des viscères de la brebis, ses excréments et un peu de son sang, des fragments d'ossements humains et la photographie d'une personne...

L'interrogatoire approfondi du couple permit de reconstituer la vérité. Déstabilisé, suite à la découverte macabre de la cave, Julien Daxon passa sans difficulté aux aveux.

La gendarmerie ne tarda pas à connaître l'identité de la fameuse « Suzanne ». Elle fut arrêtée le dimanche soir, ainsi que son concubin.

Que s'était-il passé ?

Depuis le début de l'année 1982, la fille de Julien Daxon, âgée de cinq ans, était soi-disant malade : elle tombait et se blessait souvent. De plus, Daxon avait des difficultés dans son travail. Or, Marceline persuada son mari qu'ils étaient envoûtés par des proches parents... Deux médiums confirmèrent cette thèse. Les Daxon firent alors la connaissance de Suzanne Tourangel qui se déclara prête à les aider. Elle précisa que la dépouille d'un homme mort depuis peu était nécessaire pour accomplir le rite de désenvoûtement. Le trio effectua la reconnaissance des cimetières des environs. Son choix se porta sur une tombe fraîche de quelques semaines.

Après avoir acheté une douzaine de cierges, les envoûtés et leur prêtresse se transportèrent en voiture par une nuit d'encre au cimetière choisi. Ils descellèrent la pierre tombale et ouvrirent le cercueil. Une fois la pierre tombale refermée proprement, ils chargèrent le corps dans le véhicule puis le transportèrent dans la cave de Julien Daxon. Sur le chemin du retour, ils embarquèrent Pierre Marceau, qui devait voler et égorger la brebis.

Dans la cave, le même personnage rompit la jambe et les os du cadavre et disposa dans les six petits cercueils, avant la cérémonie de désenvoûtement, les morceaux extraits sur le défunt et sur l'animal. À la nuit prochaine, il ne restait plus qu'à déposer chaque cercueil devant la porte des maisons de ceux qui avaient ensorcelé la famille. Avant cela, il fallait se débarrasser de l'encombrant cadavre. Un nouveau transport macabre eut lieu. Les compères jetèrent le corps à la décharge publique puis l'enflammèrent à l'essence...

Mais, au cours des manipulations nocturnes et nauséabondes de ces apprentis sorciers, une photographie, sur laquelle figurait avant découpage l'un des six destinataires d'un cercueil, avait dû se coller au cadavre. Cet indice leur fut fatal.

23

La ferme hantée

Certains affirment que les maisons gardent en mémoire les faits tragiques, bénéfiques ou maléfiques qui se sont déroulés en leur sein et que, souvent, l'esprit des victimes de crimes atroces et impunis viennent hanter les lieux de leur souffrance. L'histoire de la ferme du Colvert semblerait l'attester.

En 1982, dans un ravissant coin de la Normandie, des jeunes mariés, Pierre et Sophie Martin, tombèrent littéralement en arrêt devant un magnifique corps de ferme dont l'accès principal portait un écriteau « À vendre ».

Ce fut un coup de foudre. Certes, les bâtiments paraissaient un peu délabrés. Des travaux s'imposaient pour rendre habitable ce logis. La raison conseillait plutôt de ne pas s'engager dans une opération immobilière de cette nature. Mais la passion des jeunes gens pour les vieilles pierres les incita à s'enquérir du prix demandé par le propriétaire.

Contemplant cette splendeur du XVIIIe siècle, les Martin en oublièrent l'heure tardive. Ils décidèrent de passer la nuit dans l'unique hôtel du village et de se présenter, le lendemain matin, à l'étude du notaire chargé de la vente.
Accueillis par un aubergiste débonnaire, ils commandèrent un apéritif avant de s'installer à table. Après les civilités d'usage, Mme Martin demanda au commerçant, d'une voix doucereuse, depuis combien de temps la ferme du Colvert était à vendre. Sans détour, leur hôte répondit :
— Si je peux vous donner un conseil, ne l'achetez pas. La vieille baraque est hantée !
Cette affirmation fit sourire Pierre et Sophie, qui ne croyaient guère aux maisons hantées ou autres balivernes de ce genre... Toutefois, intrigués, ils invitèrent le patron à leur table et lui offrirent un cognac pour en savoir plus.
Ils apprirent que la ferme du Colvert avait été construite en 1780. Les anciens disaient que les animaux qui y avaient été élevés mouraient tous d'une maladie mystérieuse et qu'un éleveur devint fou. Pour donner plus de force à ses propos, il ajouta que son arrière-grand-oncle avait vu l'eau du puits tourner au rouge et les poutres de la demeure suinter du sang, les nuits de pleine lune !...
Le mari applaudit à l'exposé et déclara goguenard :
— Quelle belle légende !

L'hôtelier se défendit d'avoir inventé quoi que ce soit, en précisant qu'il ne répétait que ce qu'il avait entendu auprès des vieux du village. Il ajouta que les personnes qui s'étaient succédé dans les sinistres lieux depuis un quart de siècle avaient été victimes ou témoins de dramatiques péripéties. Il leur donna quelques exemples.
Dans les années soixante-dix, une communauté hippie avait séjourné à la ferme pendant quelques mois jusqu'à ce qu'une des filles du groupe se pendît sans que l'on sût exactement pourquoi.
Des touristes, qui avaient stationné leur caravane dans la cour, furent retrouvés étranglés sans que le ou les auteurs de ce crime fussent arrêtés. Puis, un riche Belge, amateur de chevaux, prit possession du domaine pour y élever des poulains de course. On le retrouva mort dans l'écurie, le crâne défoncé, sembla-t-il, par un coup de sabot de l'une de ses bêtes. Il y eut encore deux occupants, toujours étrangers au pays car personne dans la contrée n'était assez stupide pour acheter cette ferme maudite.
Le dernier propriétaire, un Parisien, séduit par la beauté du site, y emménagea pour un prix dérisoire. Riant de ces diableries de campagne, il entreposa des voitures de collection dans la grange. Or, un jour d'été, alors qu'il était présent, ses joyaux s'enflammèrent. Flairant une tentative d'escroquerie, la compagnie d'assurances envoya sur place ses meilleurs experts. Ces derniers se montrèrent incapables de fournir une explication rationnelle à cet

incendie. Aucune trace d'origine accidentelle ou criminelle ne put être décelée, comme si la combustion avait été le résultat d'un acte surnaturel. Les enquêteurs furent particulièrement frappés par le fait que la grange n'avait pas été endommagée par le feu. Le curé vit la main du diable derrière tout cela ! Six mois plus tard, la mort faucha le Parisien collectionneur alors qu'il traversait une rue tranquille de la capitale. À la fin de son récit, l'aubergiste affirma que ceux qui avaient habité cette ferme connurent une mort suspecte ou perdirent la raison.

Après une nuit agitée par des rêves fantasmagoriques provoqués, sans aucun doute, par la sinistre narration de leur logeur, les jeunes mariés frappèrent à la porte du notaire. Curieusement, celui-ci leur confia les clés et les invita à visiter la ferme, seuls, prétextant avoir une besogne urgente à terminer.

Le couple se rendit directement sur les lieux et s'émut à nouveau devant la splendeur de l'édifice. Fondant harmonieusement les divers éléments du langage architectural, les volumes et les lignes de sa structure n'avaient pas leur pareil.

La visite se déroula sans problème. À part la saleté et le délabrement intérieur, l'ensemble semblait solide. Contents, M. et Mme Martin retournèrent à l'étude et demandèrent le prix de la propriété.

— Deux cent mille francs (environ 30 500 euros), avec les dix hectares de terre, acte en mains, dit l'officier ministériel.

C'était évidemment une somme inférieure à la valeur réelle de la ferme du Colvert.
Le couple fit du camping dans la pièce la plus propre du rez-de-chaussée. Lits pliants, table et réchaud à gaz furent rapidement montés. Le cauchemar allait commencer !
Dès la première nuit, des bruits étranges, des frôlements et des craquements sinistres les tinrent éveillés. Au matin, le visage défait, ils accueillirent l'artisan engagé pour la réalisation des travaux de réfection. Le devis qu'il leur présenta s'élevait à 400 000 francs (presque 61 000 euros). La facture était salée !...
La nuit suivante, les heureux propriétaires préférèrent dormir sous une tente, dans le jardin. Comme par enchantement, ils recouvrèrent le sommeil. En échange, plusieurs incidents retardèrent la restauration. L'ouvrier qui posait la canalisation raccordant le tout-à-l'égout tomba malade ainsi que son remplaçant. Pierre et Sophie firent appel à deux autres entrepreneurs de la région qui se récusèrent. Alors, ils achevèrent eux-mêmes l'ouvrage et agencèrent progressivement une salle de bains, une cuisine, une salle à manger et quatre chambres à coucher. Après un labeur qui dura quelques mois, une fois les joints des pierres de la façade refaits, la ferme avait une belle allure.
Accrocher la crémaillère s'imposait. Un samedi, les Martin invitèrent leurs amis à un dîner champêtre,

avec musique et bonne humeur. Soudain, vers vingt-trois heures, un violent orage éclata ; un vent puissant renversa les tables et obligea les convives à se replier dans la maison. Vers deux heures du matin, à la faveur d'une accalmie, les invités rentrèrent chez eux. Une heure plus tard, le mauvais temps s'accentua au point d'empêcher les jeunes propriétaires de tomber dans un sommeil réparateur. Tout à coup, à quatre heures trente, des bruits de pas se firent entendre dans le grenier. Très inquiets, les jeunes gens se posèrent de nombreuses questions jusqu'à ce qu'ils réalisassent, au petit jour, qu'ils étaient confrontés à des phénomènes qui dépassaient leur entendement. En effet, en entrant dans la cuisine pour prendre leur petit déjeuner, ils poussèrent un cri d'effroi face au spectacle qui s'offrait à leurs yeux : un liquide rougeâtre et visqueux s'écoulait lentement des joints des pierres et des vers de terre, au nombre de plusieurs centaines, rampaient sur le sol. Prise d'une crise de nerfs, Sophie ne pensa plus qu'à une chose : quitter cette maison qu'elle qualifia de diabolique. Elle implora son mari de la reconduire à leur domicile parisien.

M. Martin ne voulait pas admettre que le diable ou des esprits maléfiques pussent être à l'origine des manifestations dont il avait été le témoin. Selon lui, il devait y avoir une explication rationnelle. Il décida de retourner à la ferme, chaque week-end et sans sa femme, pour poursuivre les travaux. En quelques

mois supplémentaires, la restauration arriva à son terme. Aucun événement particulier ne s'était produit. Il ne restait plus qu'à remettre en état la belle cave voûtée encombrée par des vieilleries. Cette dernière corvée allait lui permettre de résoudre l'énigme de la ferme hantée.
Un bric-à-brac indescriptible cachait une porte en fer, fortement rouillée, sur le mur du fond. À l'aide d'un pied-de-biche, Martin la força, curieux de savoir ce qu'il y avait derrière. À peine ouverte, une odeur méphitique se répandit dans la cave. Malgré sa répulsion, le jeune homme franchit le passage et découvrit un couloir en pente douce qui le conduisit à une crypte souterraine. À la lueur de sa lampe-torche, il remarqua un crucifix accroché à l'envers sur l'une des parois, juste au-dessus de plusieurs squelettes d'enfants.
Pierre préféra ne pas signaler, dans un premier temps, la découverte de cet ossuaire. Cependant, il voulut en connaître davantage sur les origines de la ferme. Aux archives départementales, il apprit que sa propriété avait appartenu sous Louis XV à deux personnes du sexe féminin accusées de meurtre et de sorcellerie. Avant d'être brûlées vives, elles refusèrent de révéler à leurs juges ce qu'elles avaient fait des corps des enfants immolés à la gloire de Lucifer.
Le couple comprit enfin qu'une malédiction planait sur leur maison et que les manifestations démoniaques, auxquelles il avait assisté, étaient

une résurgence des messes noires pratiquées par les défuntes sorcières. Les innocentes victimes se manifestaient aux vivants et appelaient au secours.

Faisant fi de leur cartésianisme, Pierre et Sophie Martin décidèrent de faire appel à un prêtre exorciste. Celui-ci prononça la prière des morts pour que les âmes des enfants assassinés reposent en paix. Il bénit également chaque bâtiment de la ferme et conseilla de murer la crypte.

Depuis l'intervention de l'ecclésiastique, tout est rentré dans l'ordre. Les gens du village ont été obligés de reconnaître que les Parisiens avaient fait une belle affaire... Cependant, si vous passez à proximité de la ferme du Colvert et que vous apercevez un panneau « À vendre », poursuivez votre chemin. On ne sait jamais...

24

La sorcière de La Haye-du-Puits

Certains affirment que ceux qui sont attentifs aux objets savent qu'ils nourrissent de secrètes dispositions à l'égard de leurs utilisateurs. Serviables, ils remplissent volontiers leur tâche : coupent s'ils sont couteaux, cassent s'ils sont dévolus aux noisettes, gardent bien au creux la soupe sans la répandre s'ils sont cuillers. De mauvaise humeur, ils ne coupent, ni ne cassent, ni ne gardent. Quelle main habile les guiderait ? Parfois boudeurs, ils se cachent...
« Objets inanimés, avez-vous donc une âme ? », s'interrogeait déjà le poète Lamartine. C'est ce que l'homme pourrait aussi s'imaginer, face au phénomène appelé *Poltergeist* (esprits frappeurs). D'une manière générale, le *Poltergeist* est défini par les *spécialistes* comme une force invisible qui déplace les meubles d'une maison et qui fait voler des objets à travers les pièces. Quelquefois, cette *force* s'intéresse davantage aux objets fonctionnant à l'électricité : une télévision ou un aspirateur peuvent présenter des ratés et des ampoules d'éclairage imploser.

Les esprits frappeurs diffèrent des fantômes dans la mesure où ils sont totalement invisibles et difficiles à chasser des lieux qu'ils perturbent. Parfois, ils se manifestent en présence d'adolescents dont le physique et le psychisme sont en mutation. De nombreuses enquêtes menées par des gendarmes ou des policiers, alertés par leurs victimes, suggèrent cette dernière hypothèse.

Un soir d'octobre 1982, M. Alexandre Foubert, un comptable célibataire qui vivait en ermite près de La Haye-du-Puits (Manche), regardait paisiblement sa télévision, quand il eut l'impression qu'un lourd objet était traîné sur le plancher du grenier de sa maison. Pour s'en assurer, il se dirigea immédiatement dans les combles et n'y remarqua rien d'anormal. Perplexe, il redescendit, croyant avoir eu une hallucination.

Quelques jours plus tard, le même bruit se fit à nouveau entendre, pendant que le propriétaire du logis lisait, confortablement installé dans un fauteuil du salon. Cette fois-ci, il fut certain d'avoir bien entendu. Il monta quatre à quatre les marches de l'escalier. Mais dès qu'il pénétra dans le grenier, le phénomène insolite cessa. Très troublé, il ne sut que penser.

Peu à peu, de nouveaux faits anormaux se produisirent. Le fauteuil dans lequel il regardait habituellement la télévision se balança tout seul, d'avant en arrière. Des portes s'ouvrirent et se refermèrent. Les lumières s'allumèrent et s'éteignirent.

Un cendrier posé sur une table alla se fracasser contre un mur de la salle à manger.
Au cours d'une nuit, les étagères de la chambre à coucher se vidèrent de leur contenu. Provoqués par une main invisible, d'incroyables faits se succédèrent pendant des mois…
Le comptable craignait de s'attirer des moqueries s'il en parlait à quelqu'un. Convaincu finalement que sa maison était hantée, il consulta des ouvrages sur la sorcellerie et l'occultisme en général, dans l'espoir de trouver un remède. Un jour qu'il était plongé dans la lecture d'un livre traitant des « esprits frappeurs », il perçut un bruit semblable à celle d'une crécelle. Puis, une voix inconnue paraissant provenir d'outre-tombe lui chuchota à l'oreille, sur un ton sarcastique : « As-tu peur ? »
Pris de terreur, le célibataire perdit la tête et sortit de sa demeure en poussant des hurlements qui attirèrent son plus proche voisin, un professeur d'histoire nommé Jean Prince. À l'arrivée de ce dernier dans la maison d'Alexandre Foubert, tout redevint normal : plus de voix de l'Au-delà, plus de bruits bizarres.
Le comptable décida de se confier à l'enseignant qui l'écouta avec beaucoup de bienveillance. Jean Prince lui conseilla d'effectuer des recherches sur l'histoire de sa propriété auprès des archives départementales et diocésaines et conclut ainsi : « Peut-être y trouverez-vous la clé de ce mystère ? »

Après de longues investigations, Alexandre Foubert finit par découvrir qu'en 1769-1770 eut lieu le procès des sorciers de La Haye-du-Puits. Les accusés, au nombre de trente-quatre, furent tous condamnés pour sorcellerie, acte consistant à utiliser des moyens surnaturels de caractère diabolique pour nuire à ses semblables. Aujourd'hui, le terme *sorcellerie* est communément appliqué à des pratiques ayant pour objet d'influencer le corps ou l'esprit d'une personne. Les sorciers existent toujours, surtout en Afrique et en Asie. Leurs pouvoirs sont souvent superfétatoires et se mesurent plutôt au nombre de leurs dupes. Cependant, même au XXIe siècle, le *sorcier* fait encore peur en Occident.

Le procès des sorciers de La Haye-du-Puits fit en son temps grand bruit et remonta même jusqu'à la cour de Versailles. Colbert, qui doutait de la culpabilité des condamnés, pria Louis XIV de surseoir aux exécutions. Le 19 juillet 1670, le roi commua les peines en bannissements de la généralité de Normandie. L'ordre arriva à Carentan avec retard : quatre des condamnés avaient déjà connu les flammes du bûcher et le principal accusé, l'abbé Questier, était mort dans sa cellule. Une *sorcière,* qui avait habité la maison d'Alexandre Foubert, faisait partie de ceux qui eurent la vie sauve. Un rapprochement était-il à faire avec cette vieille affaire de sorcellerie ?

Les archives communales lui apprirent aussi que sa maison était implantée sur le terrain occupé par

l'ancien cimetière. Cette information l'indisposa : un suppôt de Satan y avait-il été enterré ?
Comme les esprits frappeurs continuèrent à se manifester, Alexandre Foubert préféra déménager ! …
Cela dit, touristes, n'hésitez pas à visiter la charmante commune de La Haye-du-Puits, située dans le Bocage normand, entre terre et mer, monts et marais, et connue pour ses couleurs, son fleurissement et son importante activité commerciale.

25

Un amour indestructible

En 1984, une étrange histoire d'amour fit la « une » des journaux normands, notamment *Paris-Normandie*. Tous soulignèrent la détresse d'un vieil homme, âgé de quatre-vingt-deux ans, qui avait fait graver sur la tombe de son épouse, l'épitaphe suivante : « À toi, ma sainte Marie, ma bien-aimée, tu resteras dans mon cœur et je t'aimerai toute ma vie. »
Les habitants de la petite commune du canton de Bolbec (Seine-Maritime), où vivait François Martel, s'étaient bien rendu compte que le veuf semblait inconsolable depuis le décès de son épouse survenu en 1978. Mais ils n'auraient jamais imaginé l'inimaginable... Certes, le pauvre homme accusait l'hôpital d'avoir empoisonné sa femme. Il souhaitait qu'on exhumât le corps afin de pratiquer une autopsie. Il avait effectué plusieurs démarches dans ce sens et s'était heurté, bien évidemment, à des refus, Mme Martel étant décédée suite à une tumeur au cerveau.

Chaque matin, la boulangère l'écoutait avec gentillesse raconter sa peine. Souvent, dans la même journée, il se présentait deux fois chez la commerçante, ne se souvenant pas être déjà venu acheter son pain.

Plongeant peu à peu dans la folie, François commençait à parler aux gens du village de ses pouvoirs de magnétiseur. Il affirmait sans cesse qu'il ressusciterait Marie... Les gens ne se moquaient pas de lui. Ils comprenaient son désarroi.

Discrètement, deux fois par jour et chaque nuit, le vieux monsieur sortait de sa maison, traversait un petit champ planté de pommiers et enjambait la haie qui le séparait du cimetière où reposait son aimée. Il venait imposer ses mains sur la dalle de granit. Mais il ne put supporter longtemps cet obstacle qui limitait l'efficacité de « ses passes magnétiques ». Alors, il décida de desceller au burin la pierre tombale. Après plusieurs nuits d'efforts, il réussit à déplacer celle-ci. Il fit également sauter les dalles intermédiaires intérieures devant servir de support à un second cercueil et remonta celui de son épouse. Puis, il referma soigneusement la tombe. Ensuite, il plaça la bière sur une brouette qu'il poussa jusqu'à l'appentis appuyé sur sa maison.

Dans le local, François Martel ouvrit le cercueil. Avec tendresse, il transporta dans sa chambre le corps à moitié momifié de sa femme et le coucha dans le lit, sous plusieurs couvertures et un couvre-pieds.

Pendant plusieurs jours, François tenta de ressusciter Marie en pratiquant à nouveau l'imposition des mains.

Il croyait fermement à ses dons de magnétiseur et lisait de nombreux ouvrages de sciences occultes pour parfaire ce qu'il appelait son *pouvoir*. S'il parvenait à rendre la vie à sa bien-aimée, il comptait retourner avec elle en Touraine, sa région d'origine.

Les tentatives de François cessèrent quand, le 6 avril 1984, le maire du village avisa les gendarmes de Bolbec que le caveau de la famille Martel avait été profané et que le cercueil qu'il contenait avait disparu. Il fallut aux gendarmes et au maire beaucoup de patience et de tact pour éloigner François du corps de Marie qu'il ne voulait pas quitter...

Marie fut remise en bière. Quant à François, la justice le confia aux bons soins d'un hôpital psychiatrique.

26

L'exorciste

Il ne faut jamais prendre le monde de l'invisible à la légère. En effet, on risque un jour de le regretter. Sophie et Roland Martial, qui habitent dans la banlieue caennaise, en sont maintenant intimement convaincus.

En 1985, Roland Martial travaillait dans une petite entreprise de la zone industrielle de Mondeville, en qualité de chef comptable. Son épouse, Sophie, occupait un poste de secrétaire dans le même établissement. Un soir d'hiver, en entrant à leur domicile, ils découvrirent sur le mur blanc du salon un magnifique dessin représentant le diable telle que l'imagerie populaire le montre.

Sophie poussa un cri de terreur à la vue du personnage diabolique qui paraissait si vivant. Assurément, le dessin était davantage une œuvre d'art qu'un maladroit gribouillis. Son mari fut aussi fortement impressionné. Tous deux pensèrent un instant à une plaisanterie de l'un de leurs enfants ou amis. Pourtant, ils ne connaissaient pas dans

leur entourage un dessinateur aussi habile !... Ils tentèrent d'effacer la gravure. Mais celle-ci, qui semblait avoir été tracée au fusain, était ineffaçable !...
Roland Martial voulut appeler la police, puis se ravisa, tellement le phénomène était étrange. Il préféra se tourner vers un ami qui se déclarait compétent contre les agissements du diable, un certain Michel Chardin. Au téléphone, Martial lui expliqua la situation avec difficulté car il y avait beaucoup de grésillements sur la ligne. Tout d'un coup, la tonalité faiblit. Chardin eut tout juste le temps de crier « J'arrive ! » avant que la communication ne soit coupée...
En attendant l'arrivée de leur ami, le couple se réfugia dans sa chambre à coucher, rongé par l'angoisse. Quelques minutes après, le *spécialiste* se présenta devant leur pavillon, porteur d'une imposante valise qui contenait tous ses *instruments de travail*.
Dès son entrée dans le logement, il annonça qu'il ressentait quelque chose de profondément néfaste. Aussitôt, ce personnage insolite, pour ne pas dire interlope, qui exerce encore aujourd'hui ses talents d'exorciste *non officiel* quand on le lui demande discrètement, les avisa qu'il allait purifier leurs chakras. Il leur expliqua que le mot *chakra* est un terme sanscrit qui signifie « roue ». Il désigne les points occultes de jonction des canaux subtils (*nadis*) par où, selon la physiologie hindoue, circule l'énergie vitale. Ces centres de conscience de la physiologie mystique,

étagés le long de la colonne vertébrale jusqu'au sommet de la tête, peuvent être qualifiés de « tourbillons de matière éthérique » (*avas*). C'est dans le centre psychique inférieur, le *mūlādhāra,* que s'éveille la *kundalinī,* forme statique de l'énergie créatrice.

Poursuivant ses propos, il leur assena que le tantrisme hindou énumère six centres, plus un centre cérébral supérieur, le *sahasrāra* ou « lotus aux mille pétales ». Quant au bouddhisme tantrique tibétain, il tient compte de cinq chakras (*khorlos*) : celui du périnée, de l'ombilic, du cœur, de la gorge et du cerveau, correspondant successivement à la terre, à l'eau, au feu, à l'air et à l'éther, ainsi qu'aux quatre points cardinaux et au centre – c'est-à-dire au sommet – aux cinq familles de *dhyani bouddhas,* aux cinq syllabes-germes et aux cinq parties du *stūpa* (chörten). Tout cela paraissait si compliqué pour le couple qu'il ne fit aucun commentaire et voulut bien le croire sur parole.

Michel Chardin établit tout de suite une *coque de protection* autour de ses deux amis en plaçant de l'*huile consacrée* sur leurs chakras. Puis, il alluma des charbons qu'il fit rougir et sur lesquels il déposa des grains d'encens. Ensuite, il aspergea abondamment la maison de gros sel et, bien sûr, d'eau bénite (qui avait bénit l'eau ?). Pour finir, il saisit les mains et les cheveux de Roland et de Sophie et, pendant une bonne heure, implora Dieu de chasser le démon qui avait envahi la demeure.

À la fin de la cérémonie, Michel Chardin conseilla au couple d'aller se coucher et leur annonça qu'il continuerait à prier toute la nuit. Le bonhomme s'était donc livré à un exorcisme de sa composition qui laisse songeur...

À leur réveil, le lendemain matin, le dessin démoniaque du salon avait disparu. Michel, qui avait préparé le petit déjeuner de Roland et de Sophie, les accueillit dans la cuisine avec un large sourire... Et pour cause, l'ami Chardin était un drôle de zèbre. C'est lui qui avait dessiné une représentation du diable, bien classique somme toute, avec une pointe indélébile, puis effacé celle-ci avec un produit *non miraculeux* car en vente partout... La supercherie ne sera découverte que quelques mois plus tard, lorsque Chardin sera arrêté par la gendarmerie pour « escroquerie et abus de confiance sur personne en détresse ».

27

Le diagnostic du radiesthésiste

Assise au milieu d'une immense plaine de cultures, reliée à la mer par un canal de quatorze kilomètres parallèle à la rivière Orne, la ville de Caen est le siège de la Région Normandie. À l'origine, elle n'était qu'un îlot fortifié au confluent de l'Orne et de l'Odon. Guillaume le Conquérant en fit une cité. Ses successeurs poursuivirent son œuvre. Malgré les ravages provoqués par la Seconde Guerre mondiale, de belles abbayes romanes ont été préservées. Le château fort, dont le chemin de ronde date du roi Philippe Auguste, est l'un des plus vastes de France. Maintenant ville industrielle et port actif, elle est aussi un grand centre artistique et culturel. Elle se distingue également par son importante infrastructure médicale avec deux immenses centres hospitaliers et plusieurs cliniques. C'est justement la médecine, ou plus exactement l'attitude de certains médecins, qui est mise en cause dans le récit qui va suivre.

Depuis plusieurs années, M. Roger exerce la profession de magnétiseur-guérisseur à Caen. Prudent, il conseille toujours à ses clients de soumettre d'abord leur cas à un médecin avant de demander son intervention.
Gisèle, son épouse, tomba malade au cours de l'année 1985. Elle se plaignait d'une très grande fatigue, d'essoufflements et de souffrances internes aiguës sur le côté de l'abdomen. L'examinant au pendule, le mari constata, avec surprise, que l'instrument désignait la poitrine et le bas de la jambe gauche comme source du mal.
Rendez-vous fut pris dans une clinique réputée. Après avoir répondu à un questionnaire, Gisèle fut examinée en présence de son époux par un docteur qui, à l'issue, se contenta de déclarer qu'« elle n'avait rien et qu'au bout de quatre ou cinq jours, elle ne souffrirait plus ». Le diagnostic était un peu léger, c'est le moins que l'on puisse dire !...
Le mari voulut en savoir davantage. Sur un ton péremptoire, le praticien prononça quelques termes médicaux obscures, précisant tout de même que Gisèle avait une sorte d'inflammation. Impressionné par l'assurance du médecin, M. Roger n'osa pas suggérer un examen approfondi de la jambe et de la poitrine de sa femme. Cette dernière appliqua de la pommade et avala les cachets anti-inflammatoires prescrits. Après deux semaines de traitement, aucune amélioration n'était intervenue.

Le magnétiseur-guérisseur réexamina Gisèle. Cette fois-ci, le pendule réagit fortement sur la jambe gauche ainsi qu'au-dessus du thorax. Très inquiet pour sa compagne, il décida de s'adresser à un cardiologue renommé. L'électrocardiogramme se révéla normal. La tension était bonne. Consciencieux, le cardiologue envoya sa cliente chez un radiologue qui découvrit un début d'embolie pulmonaire. Alors, tout alla très vite. Gisèle fut immédiatement hospitalisée et subit de nombreux examens. Ceux-ci détectèrent des anomalies circulatoires à la jambe gauche, responsables probables des caillots de sang venus obstruer les poumons.

Pure coïncidence, diront les sceptiques. Le fait est quand même là : la radiesthésie peut être plus sérieuse qu'un examen médical bâclé...

28

La locataire démoniaque

Rouen a été immortalisée par Victor Hugo, dans son poème *Les Feuilles d'automne,* comme étant « la ville aux cent clochers », et par Stendhal qui l'appelait « l'Athènes du gothique ». Il y a quelques années, dans le vieux Rouen, vivait une vieille institutrice, restée célibataire, Eugénie Moriceau. Elle habitait le premier étage d'une grande demeure située dans une rue tortueuse et moyenâgeuse avec, pour unique voisine, au rez-de-chaussée, une jeune femme dont le mari était représentant de commerce. Au mois de mars 1985, Eugénie eut la certitude que son appartement était *hanté* lorsque l'énorme buffet normand, en chêne massif, de la salle à manger s'était inexplicablement écarté du mur d'environ cinq centimètres, lors de la dernière nuit écoulée. Elle téléphona aussitôt à son neveu Paul pour l'informer de ce fait insolite. Le jeune homme ne put s'empêcher de rire. Néanmoins, il se rendit au domicile de sa parente et constata que le buffet était légèrement éloigné du mur. Il remit le meuble à sa

place tout en pensant que celui-ci n'avait peut-être jamais été placé correctement. Ensuite, il prit congé de la vieille dame en lui recommandant de bien fermer ses portes à clé.
Son neveu revint une semaine plus tard et trouva sa tante complètement bouleversée. Elle lui déclara qu'elle avait été secouée dans son lit une grande partie de la dernière nuit, qu'elle avait entendu, jusqu'au matin, dans son appartement, des bruits de chaises qu'on déplaçait et que le buffet, à nouveau, avait été décollé de la paroi d'une cinquantaine de centimètres !
Paul fut troublé car il ne s'expliquait pas qui avait pu déplacer un buffet si lourd. Cela ne pouvait être l'octogénaire ! Elle n'en aurait pas eu la force... Après l'avoir vidé et inspecté, il poussa encore une fois le buffet.
Une semaine s'écoula. Une nuit, Eugénie perçut des tintements semblables à de la vaisselle qu'on manipule, mais le buffet ne bougea pas.
Le week-end suivant, le buffet reprit sa promenade. Elle alerta à nouveau son neveu. Cette fois-ci, Paul voulut lui-même constater les étranges manifestations. Il décida de passer une nuit chez sa tante. Celle-ci dressa un lit de camp dans la salle à manger. Pour la troisième fois, il replaça le meuble contre le mur. Avant de se coucher, il verrouilla la porte de la pièce et s'endormit du sommeil du juste.
Le lendemain, à son réveil, il n'en crut pas ses yeux : les verrous de la porte étaient ouverts et le buffet

en travers de la salle à manger ! Ni lui ni sa tante n'avaient rien entendu !
Intrigué par ce mystère, Paul en parla à un camarade de travail passionné par les phénomènes étranges, Martin Dumesnil. Ce dernier l'accompagna chez la vieille demoiselle et l'interrogea : « À quelle date ces phénomènes avaient-ils commencé ? Recevez-vous de la visite ? Avez-vous des ennemis ? »
L'institutrice à la retraite répondit négativement. Elle s'entendait très bien avec sa voisine qui venait de temps en temps lui demander de la moutarde ou du sel. Toutefois, elle ajouta qu'elle avait remarqué une curieuse chose sur le palier, dans les toilettes communes : quelqu'un avait dessiné une croix, à coups de pointe, sur une feuille de papier qui était apposée sur la porte d'entrée du local.
Alors, l'ami de Paul lui déclara péremptoirement qu'elle était la victime d'un envoûtement et que sa voisine en était certainement la cause. Il la pria de ne rien entreprendre et lui promit que tout allait s'arranger grâce à ses soins. Immédiatement, il traça un *cercle magique* sur une feuille cartonnée, celui des *Sept Esprits des Planètes*, dit-il, afin d'obtenir la protection des Saints Archanges contre les démons. Il plaça le *cercle magique* sur le buffet, conseilla de ne pas y toucher et s'en alla en promettant de revenir.
Pendant plusieurs jours, Eugénie entendit des gémissements qui provenaient du logement du

représentant de commerce. Par contre, son buffet ne remuait plus.

Plus tard, Martin Dumesnil vint aux nouvelles. Il expliqua à Eugénie Moriceau que la voisine avait subi le choc en retour de ses diableries dont elle n'avait pas mesuré les conséquences. Il confirma à la tante de Paul qu'elle n'avait maintenant plus rien à craindre.

De son côté, Paul avait effectué une petite enquête. Auprès du propriétaire de la maison, il apprit que la locataire du rez-de-chaussée avait souhaité occuper le logement d'Eugénie Moriceau dans l'hypothèse où celle-ci l'aurait quitté... Dès lors, tout semblait clair pour l'inspecteur de police qui reçut la plainte de Mme Moriceau : soit la plaignante avait été ensorcelée, soit un complice de la *locataire démoniaque* avait déplacé le buffet et le lit. Ils optèrent pour la deuxième solution. Placé en garde à vue, le représentant de commerce reconnut s'être livré à un stratagème pour faire croire à sa vieille voisine que le logement de celle-ci était hanté, espérant ainsi la faire partir...

29

La promesse

Depuis le décès de son époux, Georgette Leroux, soixante-dix-huit ans, vivait retirée dans une bourgade du bord de mer, à proximité de Merville-Franceville-Plage (Calvados). Elle avait choisi la Côte de Nacre qui offre aux amateurs d'espace et d'air pur des plages nettoyées par les plus hautes marées d'Europe, des fruits de mer, des effluves iodés par un climat vivifiant et une campagne au charme reposant.

Au début du printemps de l'année 1988, sa fille Marcelle vint passer quelques jours auprès d'elle. La saison s'annonçait mauvaise. La côte était grisâtre et mouillée, sans autre vie que celle des gens et des animaux qui affrontaient les averses.

Le lendemain de l'arrivée de Marcelle, la vieille dame fut terrassée par une crise cardiaque. Avant de mourir, elle fit promettre à sa fille de faire dire trois messes pour le repos de son âme car elle avait, dit-elle, beaucoup de péchés sur la conscience...

Marcelle n'avait pas du tout la foi du charbonnier. Elle ne croyait guère que sa mère pût être accueillie au Paradis. Après s'être occupée des obsèques et

des formalités relatives à la succession, elle rentra à Paris en oubliant de demander au curé de célébrer les trois messes. Elle ne retourna au village qu'à la Toussaint. Elle assista néanmoins à la célébration de la fête des morts, davantage pour respecter une tradition que par conviction religieuse. Toutefois, ce jour- là, elle eut la révélation de sa vie ! Juste avant la Sainte Communion, Marcelle crut devenir folle lorsqu'elle aperçut la statue en plâtre de la Sainte Vierge qui s'agitait. Sous les traits de la Vierge, elle reconnut sa mère. Cette dernière lui parla avec une extrême douceur et lui rappela les trois messes nécessaires au repos de son âme. Alors, la mécréante tomba à genoux et pria Dieu avec ferveur en fixant le visage radieux qui lui souriait avant de disparaître...
À la fin de l'office, complètement désemparée, Marcelle Leroux s'acquitta de sa promesse auprès du curé. Ensuite, elle se rendit à la maison de la défunte dans l'intention de rapporter un ou deux souvenirs de famille. Dans un coffret, elle découvrit quelques liasses de lettres maintenues par un ruban. Dès que Marcelle voulut en prendre connaissance, une flamme vive s'en échappa. Terrorisée, elle laissa tomber le coffret sur le plancher avec les lettres réduites en cendres...
Que contenaient ces lettres ? Marcelle Leroux ne le sut jamais. Mais elle ne put s'empêcher d'imaginer que ces missives avaient été écrites par un galant et que, de l'Au-delà, sa mère était intervenue pour les détruire. C'est encore aujourd'hui son opinion.

30

Les bijoux de Germaine

Entre l'embouchure de la Seine et de la Dives, la côte normande est sans aucun doute la plus mondaine. La palme du prestige revient à Deauville. Non pour la situation privilégiée qu'elle occupe avec Trouville, à l'embouchure de la Touques, là où l'étroite vallée s'épanouit en incisant ses méandres dans la verdure foisonnante du pays d'Auge. Non pour le charme de son rivage ni pour ses fleurs et le bleu voilé de son ciel, mais pour son ambiance et ses célèbres planches qu'ont arpentées toutes les personnalités de la haute société. Deauville est un monde clos. Son étiquette et ses rites départagent, d'emblée, l'initié du profane. C'est aussi le lieu où des villas cossues à colombages contiennent des trésors qui font la convoitise des cambrioleurs de tout poil, même des plus inattendus. Originaires de Paris, Raoul et Germaine Montégu étaient en retraite depuis le 1er janvier 1988 quand ils achetèrent, au cours du mois de juillet suivant, un appartement à Deauville, sur le front de mer. Ils avaient confié

le déménagement de leurs meubles à une entreprise qui opérerait en septembre. Par prudence, ils comptaient déposer, courant août, des affaires personnelles chez leur fils Pierre, demeurant à Caen. À cet effet, Germaine avait soigneusement emballé ses bijoux parmi lesquels de belles pièces anciennes ayant appartenu à sa grand-mère. L'argenterie allait également rejoindre le domicile filial.
Un jour de septembre vit le retour à l'appartement de Deauville du mobilier des Montégu et des objets entreposés au domicile de leur fils. Quelle ne fut pas l'inquiétude de Germaine quand elle constata que son coffret à bijoux manquait à l'appel ainsi que le carton qui contenait l'argenterie. Affolée, elle appela Pierre au téléphone qui répondit qu'il n'avait pas remarqué la présence de ces objets dans son logement. Dépités, les retraités contactèrent le déménageur qui leur fit remarquer que l'inventaire des valeurs transportées ne mentionnait ni bijoux ni argenterie...
Après des recherches infructueuses, tant au domicile de Pierre que dans leur nouvel appartement, ils conclurent qu'ils étaient les victimes d'un vol. Leurs soupçons se portèrent naturellement sur les employés de l'entreprise de déménagement. Ils déposèrent une plainte auprès du commissariat de police de Deauville. Hélas, les perquisitions effectuées chez les personnes soupçonnées ne donnèrent rien. L'enquête fut classée. Alors, un ami leur conseilla de s'adresser à un radiesthésiste de Saint-Lô (Manche).

Sceptiques, mais ne voulant pas laisser échapper la moindre chance de retrouver leurs biens, M. et Mme Montégu firent venir cet homme.
Le radiesthésiste commença par faire circuler son pendule au-dessus d'une carte de France déployée sur la table de la salle à manger. L'instrument se fixa sur Caen. Ensuite, il déplia un plan de cette ville sur lequel se promena le pendule. Il leur dit, sur un ton catégorique :
— Vos objets sont rue Saint-Jean. Y connaissez-vous quelqu'un ?
Germaine et Raoul ne voulurent pas croire qu'ils avaient été volés par leurs enfants ! Complètement atterrés, les pauvres parents dessinèrent le plan de l'appartement de leur fils. Ce dernier posa son pendule sur la feuille et désigna la chambre à coucher de Pierre Montégu. Ensuite, il réclama un croquis mentionnant l'emplacement exact du mobilier de la pièce. Le pendule s'arrêta sur la commode.
Il ne restait plus qu'à se rendre à Caen. Rouge de confusion, leur belle-fille avoua à ses beaux-parents qu'elle avait perdu la tête et que son mari ignorait son geste...
Dès le début de l'enquête, Pierre Montégu et sa femme avaient été écartés de la liste des suspects. C'était compréhensible. Si les enquêteurs avaient fouillé leur logis, ils auraient effectivement découvert le produit du vol. Compte tenu des circonstances de cette affaire, ce fut bien la

radiesthésie qui apporta la solution de l'énigme. Alors, pourquoi ne pas croire à son efficacité, tel le physicien Yves Rocard, même si celle-ci n'est pas toujours complète ?

On a beaucoup écrit et discuté sur la radiesthésie. Certains succès éclatants ont enthousiasmé le public. De cuisants échecs lui ont aussi valu d'acerbes critiques. Il est vrai qu'à côté de praticiens passionnés, il existe des illuminés et des charlatans. Cependant, dans le champ d'action vaste et difficile qui lui est dévolu, elle a su obtenir des résultats appréciables et parfois prodigieux.

Comment l'expliquer ? Les radiesthésistes sont eux-mêmes partagés. S'opposent les partisans de la théorie des radiations et les adeptes de la radiesthésie mentale.

Aux dires des premiers, le principe est simple pour qui a compris la méthode du rayonnement universel des corps. Le corps recherché envoie ses radiations dans tout l'univers et le radiesthésiste les perçoit en permanence. Il n'aura qu'à les déceler à l'aide de témoins possédant les mêmes radiations (photographie, par exemple) grâce aux résonances. Ainsi, on décèlerait à dix mille, cent mille kilomètres la présence de l'eau, sa profondeur, sa température, etc. Les fervents de la radiesthésie mentale dénient toute valeur à ces affirmations. Si les corps ont des radiations, disent-ils, ces dernières ne peuvent se transmettre sans dépense d'énergie (calorifique ou autre). Dès lors, le rayonnement ne peut être qu'infime, de l'ordre de quelques mètres seulement, sans possibilité de télé-radiesthésie physique. La pensée seule serait donc capable d'une exploration et d'une perception intelligente. L'esprit percevrait directement au loin – selon la théorie indiquée précédemment : concentration de pensée, expression d'un désir, travail de l'inconscient, etc. – comme l'œil perçoit quand il observe son environnement.

Quoi qu'il en soit, la radiesthésie n'a pas fini d'étonner.

31

La main du diable

Dans la partie nord-est de la Normandie se trouve le pays de Bray, avec ses collines crayeuses arrosées d'eaux vives (Epte, Andelle, Bresle, Béthune, Thérain) et sa sage campagne baignée d'une douce lumière. Hélas, la beauté du paysage n'épargne pas la région des phénomènes étranges, voire diaboliques. Au cours d'une belle nuit de l'été de l'année 1988, M. Serge Kirian, un Parisien originaire d'une commune près de Neufchâtel-en-Bray, s'en rendit compte. Cette nuit-là, il rentrait d'une joyeuse *tournée des grands ducs*. Tout le village dormait. Du clocher, trois coups tombèrent. Une senteur de lilas, fort agréable, montait des jardins. L'esprit ailleurs, il marchait en appréciant cette atmosphère si douce. Subitement, il sentit une *présence* derrière lui, en longeant le mur du cimetière. La lune, qui brillait pourtant de tout son éclat, ne lui permit pas d'apercevoir qui que ce soit. Il en était cependant certain, quelqu'un le suivait. Il accéléra le pas, le cœur battant, tandis qu'une impression de froid glacial l'envahit brusquement.

Pris de peur, il se mit à courir. Ce fut complètement terrifié qu'il parvint au portail accédant au jardin de la vieille maison de sa grand-mère où il résidait pour les vacances. Il pénétra comme une flèche dans la demeure, referma prestement la porte d'entrée et, haletant, s'y adossa.

Au bout de quelques instants, il entendit distinctement le bruit de griffures sur la porte tandis que des coups hargneux frappaient son battant. Il perçut également des halètements rauques, semblables à ceux d'une bête sauvage.

La femme de Serge et ses enfants, qui dormaient à l'étage, furent réveillés par le charivari. Ils descendirent et trouvèrent le noctambule en proie à la plus vive terreur. En bafouillant, il expliqua à son épouse son étrange aventure. Évidemment, celle-ci n'en crut pas un mot et estima plutôt que son mari avait abusé de la *dive bouteille*...

Le lendemain matin, le couple découvrit la trace d'une main noire sur la porte d'entrée, côté extérieur, avec tout autour des entailles qui semblaient avoir été provoquées par un objet pointu. Alors, la grand-mère de Serge se signa et déclara qu'il fallait absolument faire venir le curé.

Le jour même, l'ecclésiastique vint inspecter *la main du diable*. Pendant vingt minutes, il prononça des prières en faisant le tour de la bâtisse qu'il aspergea d'eau bénite. Après le passage du prêtre, plus rien d'anormal ne se produisit.

Depuis, Serge Kirian a retrouvé le chemin de l'église. Il a compris qu'il ne faut pas prendre le monde des ténèbres à la légère. Redécouvrant la religion de son enfance, il a appris que le diable a tourmenté Jésus, saint Antoine, saint Benoît, saint François d'Assise et bien d'autres saints. Il est convaincu, maintenant, que les démons sont toujours parmi nous et, surtout, il est devenu sobre !...

32

Les cendres du vicomte

On célébrait les obsèques du vicomte Gérard de Ray, dans une sombre église d'une petite commune du département du Calvados. C'était l'automne. Les dernières feuilles, rouges, fanées, détachées depuis longtemps des branches des arbres, couraient dans les chemins avec un froissement sec ou montaient en tourbillons par le souffle âpre de la bise. L'atmosphère était lugubre. L'assistance comprit que la cérémonie prenait fin quand quatre solennels et robustes employés des pompes funèbres s'emparèrent du cercueil afin de le placer dans le véhicule qui allait le conduire au crématorium de Caen. Catherine Beaulieu, sa veuve, se mit à sangloter lorsque la bière passa devant elle.

Le comte avait été un personnage haut en couleur. Son père, ruiné depuis longtemps, lui avait vivement conseillé d'épouser une riche bourgeoise pour se refaire ; ce qu'il fit. Il convola en justes noces avec Catherine Beaulieu, une jeune femme effacée et très pieuse. Catherine n'était pas très belle. En échange, sa fortune redora le pâle blason du noble désargenté.

Gérard de Ray, en digne disciple d'Épicure, était un jouisseur. Homme de chasse, amateur de safaris africains, grand trousseur de jupons, il dépensa toujours plus qu'il ne gagna. Sans les revenus de son épouse, il aurait été poursuivi par de nombreux créanciers. Or, Catherine ne se plaignit jamais des écarts de conduite de son mari. Elle éleva dignement leurs trois enfants et leur assura une excellente éducation. Le vicomte la laissa gérer à sa guise les affaires familiales. Tout au long de leur vie commune, elle ferma les yeux sur les incartades de son époux volage et paya toujours ses dettes sans remontrances excessives.

À l'âge de soixante-cinq ans, Gérard de Ray mourut dans sa résidence de chasse, en Touraine. Celle-ci, en réalité, lui servait de garçonnière. Le vieux noble invitait ses amis de débauche et se livrait à toutes les turpitudes en compagnie de prostituées qu'il faisait venir de Paris. Au cours d'une de ces parties fines, au mois de mai 1989, monsieur le vicomte décéda dans les bras de l'une de ses belles...

Madame la vicomtesse se montra très digne. Au cours des quelques heures qui suivirent le tragique événement, elle fit transporter le corps en Normandie, avec la complicité d'un ambulancier grassement payé. Sans révéler quoi que ce soit sur les circonstances exactes du décès, elle réussit à abuser le maire, le médecin et le curé. Les gens du village apprirent que le vicomte était mort d'une crise cardiaque, chez lui.

Après les obsèques, elle continua à vivre seule, servie par une cuisinière et un valet de chambre - jardinier. Elle plaça l'urne contenant les cendres de son cher défunt sur la cheminée de sa salle à manger. Lors de chaque repas, elle ordonnait à son valet de la poser sur la table. Dès que le domestique avait quitté la pièce, elle ouvrait l'urne, y puisait de la cendre qu'elle saupoudrait sur sa nourriture !

Catherine Beaulieu voulait-elle se venger de son époux en lui montrant, au-delà de la mort, la précarité de la vie humaine ? Nul ne pourrait le dire. Après le décès de leur mère, les enfants constatèrent avec surprise que l'urne funéraire de leur père était vide...

33

Le marabout de Fécamp

Au fil de l'imposant front de mer du pays de Caux, la vie a trouvé refuge dans les petits estuaires des cours d'eau. Les bourgs côtiers, longtemps tournés vers l'aventure maritime, sont devenus les stations balnéaires les plus proches de Paris.
Au nord d'Étretat, une sinueuse route relie des petites stations serrées dans les valleuses, le long de l'abrupte falaise. Après Yport, où les pêcheurs continuent à haler leurs bateaux sur les galets avec des cabestans, la route s'écarte de la mer, en passant par Criquebeuf-en-Caux. Puis, voici Fécamp qui est étirée sur trois kilomètres dans la vallée où coule une rivière, réunion de la Valmont et de la Ganzeville. Des collines couvertes de landes dominent la ville et de blanches falaises la défendent du côté de la mer.
Station balnéaire en pleine expansion, Fécamp n'attire pas que de tranquilles touristes... Au cours de l'année 1989, un pseudo-marabout, originaire de la Guinée, y exerçait ses talents rue du Maréchal-de-Lattre-de-Tassigny. Quelques affiches au titre

accrocheur de « Touré Kalifa, grand médium voyant » fleurissaient dans le centre-ville ; les anciens de Fécamp s'en souviennent très certainement. En principe, un marabout est un religieux qui consacre sa vie à l'enseignement du Coran. Ermite ou prêcheur, c'est un saint homme qui vit une existence de dévouement et de prière dans un strict dénuement. Détourné de son sens véritable, le noble terme de *marabout* est accaparé, aujourd'hui, par des empiriques de toutes sortes et recouvre des pratiques de sorcellerie qui n'ont rien à voir avec la religion musulmane. Sous ce titre, des sorciers africains, dont l'emprise et les pouvoirs sur leurs peuples sont tout-puissants dans leurs pays, ont maintenant pris pied en Europe dans le sillage de l'immigration. À la fois chef de clan, juge, prêtre et médecin, le véritable sorcier africain est, lui aussi, un homme respectable tout dévoué à son village et à son peuple. Le *marabout* qui s'installa à Fécamp ne faisait pas partie de cette catégorie...
En grand seigneur de l'esbroufe, Kalifa vit venir à lui des gens de condition sociale très modeste à qui il promit de résoudre leurs problèmes, moyennant finances bien entendu. Le compère, totalement illettré, se fit appeler *Maître* ou *Professeur* !
Se penchant sur le cas d'un potache récalcitrant aux mathématiques, il mit en confiance les parents par des paroles et des gesticulations aussi savantes qu'absconses. Évidemment, au bout de quelques

semaines, les résultats scolaires ne s'améliorèrent pas. Le marabout décida de recourir aux grands moyens. Il persuada d'abord les malheureux parents que leur fils avait été envoûté par un de leurs voisins. Affolés, ils remirent au mage toutes leurs économies afin qu'il chassât les esprits maléfiques qui habitaient leur progéniture.

Comme ses dupes marchèrent dans sa combine, le Guinéen augmenta ses honoraires et contraignit le père de l'enfant à souscrire un emprunt bancaire pour payer les cérémonies magiques de désenvoûtement. Les pauvres gens continuèrent à se plier à toutes les fantaisies de cet Africain qui leur promit les plus terribles châtiments et un violent *choc en retour*, s'ils ne lui obéissaient pas scrupuleusement.

Les activités de Touré Kalifa furent vraiment débordantes. Sous un autre patronyme, il ouvrit un autre cabinet, rue de la Plage. Au cours du mois d'octobre 1989, Mme Verbe, âgée d'une cinquantaine d'années, s'y présenta. Dans sa boîte aux lettres, elle avait trouvé une carte qui mentionnait : « M. Bangou, grand médium-voyant, résoudra tous vos problèmes, même les cas les plus désespérés, ainsi que plusieurs promesses. » Cette annonce portait un numéro de téléphone. Rencontrant de graves problèmes familiaux, cette personne demanda un rendez-vous. Elle expliqua au *mage* que sa fille était malade. Pour cette première séance qui dura un quart d'heure, l'Africain

promit une *protection* au profit de la famille et ne réclama pas d'argent.
Plusieurs jours plus tard, la patiente de « M. Bangou », qui avait l'impression que l'état de santé de sa fille s'améliorait, versa 30 000 francs (environ 4 600 euros) afin qu'elle gagnât son procès en divorce. Également, elle lui acheta trois magnétoscopes car il en avait soi-disant besoin pour « travailler ». Complètement subjuguée par l'individu, cette dame se rendit au cabinet de la rue de la Plage, le 17 janvier 1990, avec 200 000 francs (presque 30 500 euros) en espèces. Elle apporta exactement quatre cents billets de 500 francs à la demande du marabout qui promettait de faire fructifier la somme, grâce à une opération magique !
Devant sa *cliente*, l'escroc plaça les liasses dans une boîte-colis de la Poste qu'il ferma scrupuleusement avec du scotch. Puis, il introduisit le paquet dans une petite valise qu'il remit à la pauvre crédule. Les consignes de Kalifa étaient simples : ne pas toucher à la boîte et attendre son coup de téléphone, le lendemain, pour l'ouvrir.
N'ayant aucune nouvelle de son gourou, la dame ouvrit la boîte en carton six jours plus tard et constata que l'argent avait été remplacé par des morceaux de journaux ! Elle réalisa, enfin, qu'elle avait été bernée et déposa plainte le lendemain, après bien des hésitations, à la gendarmerie. Hélas trop tard, « le grand médium-voyant » avait filé avec l'argent !...

Les militaires de la gendarmerie qui, sans être médium, ont l'œil fureteur, avaient eu connaissance des affichettes du pseudo-marabout. Ils se doutaient bien qu'un jour, l'intéressé aurait maille à partir avec eux. Aussi, dès le mois de décembre précédent, le commandant de la compagnie de gendarmerie de Fécamp, le capitaine Jean-Paul Lefebvre-Filleau, avait ordonné de déclencher une enquête discrète. Dès que la maréchaussée reçut la plainte de Mme Verbe, les choses allèrent très vite.

Tout d'abord, les gendarmes prirent en flagrant délit de *voyance* (ou en flagrant délire, si le lecteur préfère) l'aide de Kalifa, un certain Ali Tari, dans l'appartement de la rue du Maréchal-de-Lattre-de-Tassigny. Outre les multiples infractions à la législation fiscale, au droit du travail et à la réglementation sur le séjour des étrangers, Ali avait beaucoup à raconter... Il avoua que son maître se cachait à Drancy (Seine-Saint-Denis), au domicile d'une Guinéenne nommée Fatou Daou.

Le soir même, les gendarmes fécampois se transportèrent à la gendarmerie de Drancy, où ils tombèrent sur leurs collègues de Saint-Malo et de Dol-de-Bretagne qui, eux aussi, avaient beaucoup de questions à poser au « grand médium-voyant » qui avait investi plusieurs villes de l'ouest de la France ! Tous ensemble, ils interpellèrent Kalifa qui, fait regrettable pour un devin, n'avaient pas prévu son arrestation...

Le faux prophète, nommé Ousmane Bouhou, âgé de vingt-neuf ans, était un immigré clandestin. Il avait quitté Kindia (Guinée) en fin d'année 1988. Il était remonté sur l'Afrique blanche où il fréquenta les geôles algériennes pendant quelques semaines. Remis en liberté, il s'était embarqué sur un bateau en partance pour l'Espagne. Ensuite, il avait pris la direction de Paris en auto-stop. Dans la capitale, il se fit passer pour un *maître coranique*. Après avoir abusé de ses propres coreligionnaires, il trompa quelques Européens. L'idée lui vint alors d'exercer son art d'escroc en province.

Ramené à Fécamp pour les besoins de l'enquête, il fut formellement reconnu par ses victimes, tout au moins celles qui acceptèrent de témoigner... Les gendarmes présentèrent au procureur de la République et au juge d'instruction du Havre le grand médium Kalifa-Bangou, accompagné d'une panoplie nécessaire à l'exercice de son métier de devin : gris-gris, toques de fakir, ouvrages de sorcellerie et de divination, produits liquides miracles, sans oublier quinze kilogrammes de prospectus publicitaires.

Depuis cette affaire, largement commentée par la presse écrite et par la télévision, on n'a jamais revu un pseudo-marabout africain à Fécamp. Mais on ne sait jamais...

34

La pompe à bicyclette

Le médecin légiste est un expert judiciaire. Dans une enquête criminelle, le rapport qu'il remet au procureur de la République ou à un juge d'instruction est toujours d'une importance capitale. S'il se trompe dans ses constatations, il peut laisser filer un assassin ou condamner un innocent…

Ce praticien exerce un métier ingrat car il ne faut pas qu'il soit animé par une nature trop sensible. Les corps autopsiés ne sont pas toujours de première fraîcheur… et il ne peut pas prendre le temps de s'attendrir. Aussi, des légistes s'efforcent de cacher leurs sentiments derrière un humour que certains, parfois, considèrent de mauvais aloi.

Des mauvaises langues disent que seuls des chirurgiens ratés s'engagent dans cette voie. Il n'y a pas plus faux. Comme spécialiste de l'exploration *post-mortem* du corps humain, ils sont de véritables champions du diagnostic sur les causes de la mort d'un individu. Tous sont capables de déceler, lors de l'examen des entrailles d'un mort, une maladie qui l'aurait emporté de toute façon un jour ou l'autre. Cela peut être plus ou moins réconfortant pour la proche famille du défunt, quand elle l'apprend de la bouche du légiste ou de l'un des enquêteurs. C'est à leur contact que le rédacteur de ces lignes a pu voir les dégâts causés sur les organes par l'alcool et le tabac.

Le docteur Marchand, médecin légiste au Havre (Seine-Maritime), tout en étant un humaniste, affectionnait les noyés qui, comme il se doit dans un grand port, constituaient une bonne partie de sa *clientèle*. Même à table, il parlait d'eux à ses amis, sans leur couper l'appétit, car il évitait tout détail sordide et savait ménager, sur son auditoire, les effets de ses propos.

Le noyé dont il parla ce jour-là avait particulièrement retenu son attention, en raison d'une part, des circonstances dramatiques de la noyade et, d'autre part, de l'exigence d'une nouvelle substitut du procureur de la République, une jeune femme tout récemment sortie de l'École de la magistrature, de faire pratiquer une autopsie avant l'identification du corps. Pourtant, il avait dit à la jeune magistrate :

— Faites publier sa photo dans la presse. Dès lors, sa famille se manifestera ; ainsi, un corps intact lui sera présenté, ce qui m'apparaît difficile si je le découpe, tout de suite, en rondelles…

La jeune femme s'était emportée : le légiste était requis et devait s'exécuter ! Qu'importe la famille du défunt !

Le vin était tiré, il n'y avait plus qu'à le boire ! Marchand commença son travail. Au moment où il s'apprêtait à ouvrir, de la pointe de son scalpel, l'abdomen du noyé, pénétrèrent dans la salle de dissection deux sous-lieutenants, élèves de l'École des officiers de la gendarmerie nationale, en stage à la compagnie de gendarmerie départementale du Havre.

— Vous tombez bien, leur dit-il. Le corps n'a pas chuté dans le port après sa mort. Soit il s'est suicidé, soit il a été jeté dans l'eau car il était en vie à l'instant du plongeon. La bave bouillonnante sur ses lèvres et la peau *ansérine* le démontrent.

— Vous avez dit *ansé*… comment ? demanda l'un des officiers.

— Oui, une peau est *ansérine* lorsqu'elle ressemble à celle d'une oie qu'on déplume. Autrement dit, le noyé a présentement la *chair de poule*, parce que l'eau qui l'a tuée était froide.

— Alors, il ne s'agit pas d'un crime, avança l'autre sous-lieutenant.

— Pour l'instant, je ne peux rien affirmer. N'allez pas trop vite. Je me suis contenté de constater l'absence d'une plaie externe, d'un hématome, d'un enfoncement crânien, d'une trace de strangulation. Pas de griffures non plus sur les bras ou les jambes. Pour en savoir davantage, il faut ouvrir le corps.

Le docteur Marchand incisa d'abord à partir du nombril, en descendant vers le bas, comme si une main inconnue l'y invitait. En effet, une intuition le poussait à explorer directement le bas-ventre.

— Bingo ! cria-t-il. Je viens de constater la présence d'un épanchement dont il ne me reste plus qu'à rechercher la cause.

De ses doigts experts, il écarta les organes et toucha un corps étranger, dur, très dur. « Non, pensa-t-il, cela ne peut pas être un instrument chirurgical oublié par un chirurgien négligent car il n'y avait aucune cicatrice dans le secteur. »

Poursuivant son exploration, ses mains sentirent, dans le colon, un objet rond et très long qui, par sa dureté, semblait plutôt métallique. Non, ce n'était pas possible ! Il observa une déchirure qui, sans aucun doute, avait provoqué l'épanchement de sang qu'il avait découvert. Pressé de savoir, il donna un coup de scalpel dans l'intestin. Il retira sans peine un objet long, chromé, qui s'allongeait en l'extrayant. Il ne put retenir sa surprise :

— Ah merde, alors ! Une pompe à bicyclette !

Il fit fonctionner la pompe pour s'assurer de la véracité de sa découverte, en direction des deux officiers complètement médusés…

— Regardez bien cet objet. C'est probablement *l'arme du crime* !

— L'introduction dans son corps, comme un empalé, de la pompe à bicyclette l'a-t-elle tué ? questionna un officier.

— Non, il n'a pas pu mourir de l'introduction d'une pompe à bicyclette, même enfilée complètement. Non, il s'est volontairement noyé. Ce sera ma conclusion.
— Comment ce truc-là a-t-il pu parvenir à cet endroit du corps du noyé ?! demanda l'un des officiers.
— Il s'est littéralement empalé cette pompe qui, pour lui, était un instrument de plaisir. Un godemiché non encore répertorié, jusqu'à maintenant, dans les accessoires sadomasochistes. On n'arrête pas le progrès ! annonça Marchand.
L'examen des organes démontra que la pompe avait cheminé du rectum dans le colon sigmoïde ; elle avait échappé au contrôle de la victime par un phénomène de succion, touché le pancréas et perforé l'intestin. Cependant, s'il avait appelé le SAMU, la pompe lui aurait été retirée. Face à la douleur et se croyant *foutu*, il a dû paniquer et préférer se suicider.
— Ce cas prouve qu'on peut mourir d'un coup de pompe ! ironisa le médecin.

35

Le chat noir

Entre Vire, Saint-Sever et Aunay-sur-Odon, le bocage allie subtilement la douceur normande et la rudesse armoricaine. De riantes vallées alternent avec des hauteurs granitiques : c'est le paradis des randonneurs. Le site le plus connu est sans aucun doute les « vaux de Vire, vallées de la Vire et de la Virène ».

Dans ce pittoresque coin de Normandie, un jeune dessinateur industriel nommé Gilles Brantome eut, une nuit de l'année 1989, la plus belle peur de sa vie. Conduisant sa voiture, il rentrait chez ses parents, des fermiers de la région, après une soirée passée avec des amis dans un night-club de Caen. Il n'était ni saoul, ni fatigué. Il venait d'arriver dans le centre d'un village situé sur son itinéraire, quand un chat noir se jeta sous ses roues. N'ayant pas eu le temps de freiner, il sentit la secousse provoquée par les pneus passant sur le corps de l'animal. Il s'arrêta aussitôt pour voir s'il ne pouvait pas faire quelque chose pour la pauvre bête. Quelle ne fut pas sa surprise de trouver sur la chaussée, non pas un félin,

mais une jeune femme enveloppée dans une longue pèlerine à capuche, de couleur noire.
Tout d'un coup, l'inconnue se leva précipitamment et s'éloigna vers l'église toute proche. Gilles Brantome la héla et lui demanda si elle n'était pas blessée. La dame en noir répondit par un ricanement lugubre qui lui fit froid dans le dos. Le jeune homme la vit gravir les marches de granit de l'église et pénétrer dans l'édifice.
Stupéfait, le malheureux conducteur voulut en savoir plus sur cet étrange personnage. Il le suivit dans l'église. De nombreux cierges brûlaient comme si ce lieu de prière faisait l'objet d'une attention particulière.
Il fouilla l'édifice jusqu'au moment où il entendit derrière lui un nouveau ricanement, mais il ne vit pas la femme. Alors, sans comprendre pourquoi, il fut pris de terreur et se dirigea vers la sortie tout en se raisonnant pour ne pas courir. Atteignant enfin la porte, il perçut tout près de lui un rire démoniaque ! Complètement paniqué, il s'élança dehors, s'engouffra dans son véhicule et démarra en trombe. Dans ses phares, il eut le temps d'apercevoir un chat noir qui traversa rapidement la rue, passa entre les barreaux de la grille du cimetière puis disparut entre les tombes.
Cette nuit-là, le dessinateur ne trouva pas le sommeil. Dans la matinée, il se présenta à la brigade de gendarmerie et relata les faits comme il les

avait vécus. Sceptique, le gendarme dressa le procès-verbal de sa déposition et crut le rassurer en lui affirmant qu'aucune personne n'avait été hospitalisée suite à un accident de la circulation.

Pas convaincu, Gilles Brantome se rendit au presbytère pour y rencontrer le curé. Celui-ci l'écouta attentivement puis lui dit :

— Alors, vous l'avez vu aussi ! Il s'enhardit ! Maintenant, il ose me provoquer dans mon église !

— Mais qui ? lui répondit-il.

L'abbé répliqua :

— Mais, le diable, pardi !

Gilles Brantome faillit s'évanouir...

36

Le retour d'affection

Cabourg est l'un des joyaux de la Côte Fleurie. Marcel Proust a beaucoup apprécié son élégance discrète. Venu d'abord à la recherche de son enfance et du bon air, le grand écrivain resta fidèle à cette station balnéaire, de 1907 à 1914. Mieux, il l'immortalisa dans son œuvre *À l'ombre des jeunes filles en fleurs* : Balbec, c'est Cabourg. Balbec-le-Vieux, tout proche de « Cabourg-Balbec », c'est Dives-sur-Mer, l'ancien port peu à peu encerclé par les marais, de l'autre côté de la Dives, et qui est en train de renaître avec le nouveau port « Guillaume le Conquérant ». Par la gare de Dives-sur-Mer arrive toujours le train de Paris.

La ville n'a pas beaucoup changé depuis la disparition du célèbre auteur de *À la recherche du temps perdu*. Dans son nid de verdure, elle est telle que d'ambitieux promoteurs l'avaient tracée en 1860 pour concurrencer Trouville et Deauville naissantes. Le petit casino de 1880 est toujours accolé à l'importante façade du Grand Hôtel. Tous les admirateurs de Proust contemplent avec émotion la petite fenêtre de la chambre que l'écrivain exigeait sous les toits, au quatrième étage de ce prestigieux hôtel, afin de posséder une cheminée et de n'être dérangé par aucun bruit.

En août 1989, cet agréable lieu de villégiature a servi de cadre à un événement bien curieux. Tout au moins, c'est encore aujourd'hui le sentiment de Judith, une jolie Parisienne, qui a bien voulu le révéler.

Tout a commencé sur la plage. Des jeunes femmes parlaient avec passion de magie, de voyance, de télépathie et d'autres sciences occultes. L'une d'elles, Gisèle, contait ses incroyables rencontres avec des voyants, mages et spécialistes en tout genre de la bonne aventure et du retour d'affection. Elle faisait beaucoup rire ses amies avec les révélations que lui avaient faites des marabouts africains, mages, sorciers-guérisseurs de la banlieue parisienne, tous aussi terrifiants les uns que les autres. Gisèle s'attardait sur les étranges recettes qu'ils conseillaient pour séduire l'être aimé. Celles-ci allaient du compost de plumes de poule, de rognures d'ongles et de poils pubiens, à celui de cervelle de gazelle, de graisse de queue de mouton et de sperme de bouc..., mélanges utilisés suivant un rituel précis qu'il serait fastidieux de rapporter.

Cette conversation animée rendit nostalgique Judith dont le fiancé, Serge, était resté à Paris pour des motifs d'ordre professionnel. Quelques jours auparavant, le couple s'était quitté en léger froid. La jeune femme en était encore contrariée. Fantasque, elle réclama à Gisèle un procédé miracle pour faire venir à Cabourg son amoureux ! L'adepte de la magie lui indiqua qu'il suffisait de brûler une mèche de cheveux de Serge en pensant fortement à lui...

Judith, qui avait toujours en sa possession une photographie de son chéri et une mèche de ses cheveux, décida de tenter immédiatement l'expérience. Elle creusa un petit trou dans le sable dans lequel elle enflamma les cheveux aimés en fixant intensément le portrait de son fiancé. Après l'opération magique, tout le monde rit de bon cœur. Décidément, on passait de joyeuses vacances !

Le lendemain, au retour de son bain de soleil quotidien, Judith trouva Serge qui l'attendait à l'hôtel. Surprise, elle pensa un instant à une complicité entre son futur mari et Gisèle. Mais elle se ravisa car ils ne se connaissaient pas. Judith questionna Serge :

— Pourquoi as-tu quitté Paris sans me prévenir ?

— Hier, j'ai ressenti un tel besoin de te rejoindre, comme si tu m'appelais... J'ai pris ma voiture, guidé par une force inconnue, affirma-t-il.

La belle Parisienne eut du mal à croire son fiancé qui refusa de donner, même plus tard, une autre raison à son arrivée inopinée. La recette du marabout avait-elle été efficace ou Serge avait-il plutôt craint de laisser esseulée sa future épouse ? La seconde proposition semble la plus plausible.

37

Les voisins ensorceleurs

Dans le pays de Caux, les affaires de sorcellerie sont assez fréquentes. Les gendarmes y sont souvent confrontés. Des journalistes du quotidien *Paris-Normandie* ont d'ailleurs sur ce sujet procédé à une interview du commandant de la brigade de gendarmerie de Valmont, au mois de mai 1990. L'adjudant Bernard Hombert a bien voulu autoriser l'auteur à transcrire les propos qu'il avait tenus à cette époque :

PARIS-NORMANDIE. — Les histoires de sorcelleries sont-elles fréquentes dans la région ?

L'ADJUDANT HOMBERT. — Oui, tout à fait. Du moins sur le secteur qui me concerne, la région de Valmont, nous en rencontrons.

PARIS-NORMANDIE. — Fait-on souvent appel aux gendarmes ?

L'ADJUDANT. — Non. Ces histoires se règlent généralement avec le curé ou le guérisseur du coin. La population en parle très difficilement par peur des moqueries.

Paris-Normandie. — Dans quelle mesure êtes-vous amenés à intervenir ?

L'adjudant. — Nous intervenons à partir du moment où il y a plainte ou tout simplement perturbation de l'ordre public. Il y a quelques semaines, nous avons été appelés sur une affaire de sorcellerie. L'histoire se passait dans une ferme de la région où deux agriculteurs se disaient envoûtés par leur voisine la plus proche. Nous sommes intervenus car le fermier en question tirait des coups de feu en l'air et même en direction de la « sorcière ». Sur place, nous nous sommes aperçus qu'il ne s'agissait que d'un pistolet d'alarme qui, selon ses dires, lui permettait de « se libérer » des sorts que l'on venait de lui jeter. L'homme en question se plaignait d'avoir perdu momentanément la vue et l'ouïe. Il souffrait également de maux de ventre et le lait de ses vaches sortait caillé... Il accusait très nettement sa voisine d'en être la cause et d'en vouloir à sa vie.

Paris-Normandie. — En quoi consiste votre action dans ce type de cas ?

L'adjudant. — Tout d'abord, confisquer les armes à feu ! Ensuite, nous ouvrons une enquête au cours de laquelle nous entendons les différentes parties en présence : les victimes, la voisine soupçonnée de sorcellerie, et le maire de la commune concernée.

Paris-Normandie. — Et ensuite ?

L'adjudant. — Dans un premier temps, tenter de calmer les esprits. Chercher éventuellement des

explications rationnelles à ces phénomènes, en demandant, par exemple, le diagnostic d'un vétérinaire dans le cas d'animaux malades ou « envoûtés ». Enfin, nous envoyons la plainte au parquet. Mais, sans preuve tangible de ce que la victime avance, la justice ne peut rien faire.
PARIS-NORMANDIE. — Que pensez-vous de tout cela, croyez-vous en la sorcellerie ?
L'ADJUDANT. — Je pense que ce n'est pas sérieux, mais que c'est à prendre au sérieux...
Ce n'est pas sérieux, mais c'est à prendre au sérieux, en particulier quand l'ordre public est troublé. Ce fut le cas le 30 novembre 1989, en fin d'après-midi, lorsque le sous-officier de permanence de la brigade de gendarmerie de Valmont reçut un appel téléphonique de Mme Régine Dubourg, une habitante d'une commune du canton, qui signalait que son plus proche voisin, Martin Sueur, tirait des coups de feu dans sa direction.
Se transportant immédiatement sur les lieux, les gendarmes interpellèrent le tireur qui s'expliqua sans réticence sur les raisons qui l'avaient fait agir de la sorte : il affirma être la victime d'actes de sorcellerie perpétrés sur sa personne, son habitation et sur les animaux de sa ferme par Mme Régine Dubourg, sa voisine. Toujours selon ses dires, pour conjurer les sorts qui lui avaient occasionné la perte partielle de la vue, de l'ouïe et des coliques prolongées, il avoua avoir acheté un fusil de chasse. Le fait de

« tirer quelques coups de feu en direction de la maison de Mme Dubourg le libérait des sorts qu'elle lui avait jetés. »
Les gendarmes tentèrent de le raisonner et l'invitèrent à consulter un médecin pour lui-même et un vétérinaire pour ses bêtes. Martin Sueur déclara alors aux militaires qu'il préférait se faire examiner par des prêtres exorcistes de la région ou des magnétiseurs qui, après chaque séance, lui rendaient l'ouïe et la vue...
La plainte de Mme Dubourg fut enregistrée et l'arme saisie. Le procès-verbal d'enquête concluait que « le nommé Martin Sueur a toujours été un individu vivant en marge de la société et que ses agissements relevaient plutôt du domaine de la médecine »...
L'affaire allait rebondir en novembre 1991. Cette fois-ci, la sœur de Martin Sueur adressa à un service de l'État la lettre suivante :

Monsieur,
Je me permets de vous envoyer cette lettre pour porter plainte contre mes voisins qui veulent me détruire (c'est-à-dire la sorcellerie). Nous exploitons une ferme familiale tout en fermage, mon frère et moi. Voici bientôt sept ans que nous sommes entrepris par ces gens- là. Je vous donne le nom de mon frère : il s'appelle Martin Sueur.
C'est lui qui est atteint par la sorcellerie. Ils l'ont touché de la tête aux pieds. Je vous donne un exemple : ils

le brûlent avec des pointes de feu dans la jambe droite. Ensuite, ils lui enfoncent des clous dans la tête, etc.
Depuis trente-cinq mois, ils l'ont atteint dans la vue, petit à petit. Maintenant, il est presque aveugle, il ne conduit plus le tracteur depuis seize mois ; la ferme est à l'abandon. Pourtant, nous avons été voir beaucoup de prêtres, des communautés de moines et même des prêtres cloîtrés en Belgique, des magnétiseurs. Personne ne peut le rétablir dans la vue. Un prêtre nous avait dit que ces gens-là sont des sorciers de gitans empoisonneurs et destructeurs.
Il y a vingt mois, ma voisine m'avait dit qu'elle me détruirait. Aussitôt, nous avions fait appel à Monsieur le maire Serge Tourangeau pour les calmer. Il a refusé. Pourquoi ?
Une autre fois, nous avons dit au maire d'appeler à la mairie les quatre personnes concernées pour leur demander pourquoi ils veulent nous détruire. Le maire a refusé.
Il y a un mois, nous avons refait appel au maire chez nous. On lui a demandé d'aller calmer les quatre voisins. Il a refusé. On lui a dit d'envoyer des lettres pour qu'il arrête leur sorcellerie sur mon frère et le bétail. Il a refusé. Ils touchent sur le bétail depuis des années. Maintenant, ce sont les veaux qui sont nés en 1990. Ils les ont réduits. Ils ont environ vingt mois. Ils ne peuvent pas grossir. Les veaux de l'année dernière sont pris pareil. Si cela continue, nous allons être ruinés.
Monsieur, si vous ne voulez pas le croire, envoyez une personne pour faire un constat.

Voici les noms des quatre voisins : [citation]
Deux autres voisins qui habitent en face de chez nous : [citation]. Ce sont les enfants du maire qui serrent la main aux quatre personnes pour nous détruire.
Si le maire avait mis la paix à ces gens-là, nous ne serions pas dans cette situation-là. Nous sommes deux malheureux.
Recevez, Monsieur, mes salutations distinguées.

Suite à cette correspondance, la gendarmerie reprit son enquête. Elle ne réunit aucune preuve tangible de ce que les plaignants avaient avancé. Alors, la justice classa l'affaire...

38

La ressemblance incroyable

Située entre Le Havre et Fécamp, Étretat est une station balnéaire qui est renommée pour les falaises qui encadrent sa plage de galets, cent dix mètres plus bas ! Des sentiers vous emmènent à leur sommet.

Le côté gauche de la plage est bordé par la falaise d'Aval. Depuis la crête de la porte d'Aval – cette célèbre arcade rocheuse étonnamment découpée –, la vue est splendide. Les promeneurs, nombreux en période estivale, peuvent admirer l'arche massive de la Manneporte à l'architecture monumentale, l'Aiguille qui, chère à Arsène Lupin (car il y cachait son butin), se dresse du haut de ses soixante-dix mètres, et enfin la falaise d'Amont.

En contournant l'anse jusqu'à la Manneporte, le panorama s'étend jusqu'au cap d'Antifer. À droite de la plage, c'est la falaise d'Amont. À son sommet est édifiée la chapelle des marins dédiée à Notre-Dame-de-la-Garde. De cet endroit, tout visiteur contemple aisément Étretat et ses alentours… En dessous s'étend la longue plage de galets.

Ce site magnifique et de réputation internationale est parfois choisi par des personnes qui décident de mettre fin à leurs jours en se jetant dans le vide, du haut de ses falaises…
En mai 1990, les gendarmes de la brigade d'Étretat eurent à enquêter sur un suicide qui démontre que, parfois, la réalité dépasse de loin la fiction créée par le romancier le plus imaginatif. À Étretat, tout le monde s'en souvient encore aujourd'hui.
Un touriste découvrit au pied de la falaise, à proximité de l'Aiguille, sur les galets, le cadavre disloqué d'un homme. Il appela la gendarmerie. L'adjudant commandant la brigade locale se déplaça pour procéder aux premières constatations. En première analyse, il s'agissait d'un désespéré qui, habillé normalement et sans papiers d'identité, s'était jeté du haut de la falaise. Le commandant de la brigade rendit aussitôt compte à son supérieur, le capitaine commandant la compagnie de gendarmerie de Fécamp. Cet officier dépêcha un spécialiste de police technique et scientifique, désigné en langage « gendarmique » sous le vocable de *technicien en investigations criminelles*[1], qui se livra à des minutieuses constatations sur les lieux afin de relever toutes traces ou indices susceptibles de concourir à la manifestation de la vérité sur les circonstances de la mort (article 74 du Code de procédure pénale). Pour le procureur

1. Dans la police nationale, ce fonctionnaire est appelé *technicien de la scène de crime.*

de la République du Havre, territorialement compétent, et les enquêteurs, chercher à mettre un nom sur le corps était primordial, tout en déterminant s'il s'agissait bien d'un suicide ou d'une chute accidentelle afin de pouvoir éliminer un acte criminel. Aussi, pour peaufiner les recherches déjà réalisées, le capitaine de gendarmerie fit appel à une équipe de gendarmes « spécialistes montagne » qui, à partir du sommet, examina la paroi de la falaise afin de vérifier s'il y avait des traces démontrant que la victime aurait tenté de s'accrocher pour éviter sa chute. Ces opérations s'étant révélées négatives, le corps non identifié fut déposé à la chambre mortuaire de la ville. Le médecin légiste requis conclut à son tour à un décès provoqué par des fractures multiples dont une mortelle au crâne et ne releva, comme les gendarmes, rien de suspect.
Les enquêteurs avaient donc sur les bras un suicidé dont ils ignoraient le nom. Il était donc impossible, dans un premier temps, de prévenir sa famille. Ils songeaient déjà à solliciter l'aide de la presse lorsqu'un hôtelier d'Étretat les avisa qu'il avait trouvé dans une de ses chambres la lettre d'un individu qui indiquait son intention de se suicider en se jetant du haut de la falaise ; la missive portait le nom et l'adresse de son rédacteur. Les gendarmes convoquèrent donc les parents et l'épouse du personnage qui reposait dans la chambre mortuaire :
— Connaissez-vous cette personne ?

— Oui, c'est notre fils Claude, déclarèrent ensemble M. et Mme Lombard.
— Oui, c'est mon mari, Claude Lombard, ajouta l'épouse.
Entendus, les témoins expliquèrent aux gendarmes que M. Claude Lombard, receveur des postes de Saint-Romain-de-Colbosc, venait d'être mis à pied, avant d'être licencié de l'administration, pour avoir détourné à son profit une importante somme d'argent. Son suicide ne les surprenait pas.
Le dossier était donc clos pour le parquet du Havre et le capitaine de gendarmerie.
Eh bien non ! Un nouveau rebondissement allait rouvrir l'enquête : deux jours plus tard, en effet, M. Claude Lombard, bien vivant, rentra à son domicile ! Quand sa femme le vit, elle s'affaissa d'émotion sur le sol !
Les gendarmes avaient donc toujours un cadavre non identifié. Lombard fut convoqué à la gendarmerie d'Étretat pour qu'il s'explique sur la lettre qu'il avait laissée à l'hôtel Georges V. C'était tout simple : il avait changé d'avis ! Et il fallait voir la tête des gendarmes car, les deux hommes – le mort et le vivant – auraient pu être pris pour des jumeaux ! Pourtant, ils n'avaient absolument aucun lien de parenté et ils ne se connaissaient pas.
Les recherches furent reprises. Un véhicule abandonné sur l'un des nombreux parkings d'Étretat contenait dans sa boîte à gants les papiers d'identité

du pauvre désespéré qui, d'après la conclusion de l'enquête, n'avait aucune raison apparente de mettre fin à ses jours. Une chute accidentelle, comme il y en a eu déjà beaucoup, malgré les panneaux d'interdiction de s'approcher du bord de la falaise, fut retenue par la justice.

39

Une œuvre d'art incomparable

Ne se souciant nullement des ardents rayons du soleil de l'été de 1990 qui rougissaient sa nuque, Jérôme Martin, accompagnée de sa compagne, Marguerite, s'accrochait à des pierres étroitement encastrées qui formaient le haut mur d'une belle propriété du Bessin. Derrière ce mur, en regardant au travers d'une large fissure, il avait constaté la présence d'un jardin dans lequel trônait une belle fontaine dont l'eau retombait doucement. Au centre de cette œuvre d'art, une mère et son enfant, totalement nus, merveilleusement entrelacés et finement sculptés dans la pierre, apportaient une incontestable majesté à ce monument d'agrément.
Jérôme Martin sortit de sa poche un petit objet qui ressemblait à un crayon. C'était en réalité un télescope miniature qu'il déplia. Puis, il appliqua de nouveau ses yeux contre la fissure du mur et il soupira d'admiration :
— Bonté divine ! Quels détails extraordinaires dans la posture de la jeune mère !

En effet, sa tête était à demi tournée, ses yeux s'écarquillaient un peu comme pour exprimer un début de surprise en voyant l'enfant qui, glissant à moitié, s'accrochait d'une main à la douce hanche de sa mère, tout en tendant sa bouche légèrement arrondie vers le sein gorgé de lait dont son autre main s'approchait sans le toucher.

Jérôme Martin faisait tourbillonner des pensées dans sa tête, essayant de situer l'auteur de cette statue, sans y parvenir. En bon professionnel, il était certain que cette magnifique œuvre d'art n'appartenait à aucune période connue. Elle n'avait pas d'âge : elle aurait pu être réalisée la veille de sa découverte par Martin ou au temps de la Grèce antique. De plus, elle n'était portée sur aucun catalogue existant dans le monde.

C'était tout à fait par hasard que Jérôme Martin avait découvert cette beauté artistique. Intrigué par ce domaine d'où ne provenait aucun signe de vie, il voulut en savoir plus. Surtout, si cette sculpture pouvait entrer dans sa collection, il était prêt à en payer le prix.

Il rencontra par hasard un promeneur à qui il demanda :

— Connaissez-vous le propriétaire qui se cache derrière ce haut mur ?

Le sourire s'évanouit aussitôt du visage de son interlocuteur. Il détourna instantanément la tête pour regarder ostensiblement ailleurs et répondit :

— Il n'y a personne. Ce domaine n'a même pas de nom !

— Il doit pourtant appartenir à quelqu'un, répliqua Martin.
— La maison est en ruine. Voilà des années qu'elle n'est plus habitée. Elle ne vous plairait pas. Il n'y a même pas d'électricité.
— J'aimerais voir ce qu'il y a derrière le mur.
— Il ne reste plus rien d'intéressant depuis très longtemps.
Jérôme Martin était bien décidé à en apprendre davantage sur cette propriété mystérieuse. Après avoir pris une chambre d'hôtel à Arromanches, il ressortit pour retrouver son poste d'observation : la fissure du grand mur d'enceinte. Finalement, il était trop près pour avoir une vue d'ensemble des lieux. Aussi, il monta sur une petite élévation de terrain, à trois cents mètres en arrière et s'étonna, de nouveau, que cette muraille encerclât une si grande propriété.
Il choisit d'en faire le tour, espérant trouver une ouverture ou une porte mal fermée. Il n'en trouva pas. Lorsque, désemparé, il était revenu, en longeant le haut mur, à son premier point d'observation – la fissure –, il entendit à nouveau le bruit de l'eau de la fontaine qui tombait. Ce fut plus fort que lui, il fixa encore son œil dans l'ouverture et demeura immobile, ébloui par tant de beauté. Il contemplait la femme et l'enfant, incapable d'en détacher son regard car il savait que là, enfin, il avait découvert la sculpture parfaite, absolue, celle qu'il cherchait partout depuis

si longtemps. Une question lui revenait sans cesse en tête. À voix haute, il se surprit à dire :

— Comment se fait-il que cette statue, si magnifique, si sublime, ne soit mentionnée dans aucun catalogue ? Il est pourtant très difficile de cacher l'existence d'un tel chef-d'œuvre.

Et pourtant, jamais personne n'avait soufflé mot de ce qui se trouvait à l'intérieur de ce logis abandonné. Il regardait de tous ses yeux, la gorge sèche. Son cœur de spécialiste d'œuvres d'art, qui avait fait une découverte ignorée de tous, battait d'enthousiasme. Il fallait qu'il l'ait !

Comme cette statue n'était mentionnée nulle part, sa valeur véritable était donc inconnue. Peut-être que le propriétaire actuel en avait hérité et il l'avait laissée là, au milieu de cette fontaine, sans que personne l'ait remarquée ou appréciée.

À regret, Jérôme Martin abandonna la fissure du haut mur et retourna lentement à son hôtel, traînant un peu les pieds tellement il était perturbé par sa découverte, digne de faire partie de l'Olympe.

Sur le trajet, son attention fut attirée par un jeune garçon, âgé d'une quinzaine d'années, qui lisait une bande dessinée sur un banc public. Sa silhouette était fine et racée, sa tête bien modelée. Lui aussi aurait fait un excellent modèle pour un sculpteur.

— Bonjour, jeune homme ! À qui appartient la grande propriété entourée d'un haut mur, à la sortie du village ? lui demanda Jérôme Martin.

Le garçon le regarda et Martin eut l'impression qu'un voile hermétique venait de tomber sur ses yeux bleus. Il haussa les épaules de dénégation.
— Tu dois bien le savoir, insista Martin. Cette propriété s'offre à la vue de tout le monde. Elle a un grand mur qui la ceinture, très élevée.
Le garçon desserra quand même ses dents :
— Elle a toujours été là.
Jérôme Martin, tout en lui adressant un sourire, lui répliqua :
— Peut-être que ton père en sait un peu plus que toi ?
— Je n'ai pas de père.
— Je suis désolé, fit Martin. Tu ne connais vraiment pas le nom des personnes qui y habitent ou qui y ont habité ?
Le jeune homme murmura un seul mot.
— Poigris ? interrogea Martin, en se penchant vers lui. Tu as dit « les Poigris » ? Est-ce cette famille qui est propriétaire ?
— Oui, confirma-t-il dans un souffle.
Martin n'en apprit pas davantage. Il tenta de questionner d'autres personnes. Mais, dans tout le village, il se heurta au même refus énigmatique ; un refus aussi difficile à percer que la muraille qui protégeait la statue de la mère et de son enfant. Les Normands du cru refusaient même de parler du mur, de ce qui se trouvait derrière lui, de ceux qui l'avaient construit et de l'époque à laquelle il avait été érigé. On eût cru que, pour eux, ce haut mur n'existait pas.

Finalement, il regagna, avec sa compagne, son hôtel. Ils dînèrent copieusement tout en continuant à se poser des questions sur l'adorable statue de la mère et de l'enfant, là-bas derrière le grand mur, que recouvrait maintenant le rideau noir de la nuit.
Quelle déveine ! Ce grand collectionneur s'était déjà heurté à bien des tabous dans divers pays. Beaucoup avaient pour cause des inimitiés sans importance, des vieilles rancunes immortelles. Parfois, il s'agissait de trésors que certains refusaient obstinément de faire entrer dans le patrimoine de l'humanité ou plutôt dans le patrimoine Martin... Mais cette fois-ci, c'était complètement différent. Il était en France, en Normandie plus précisément, à proximité de ces plages du débarquement du 6 juin 1944 : il avait affaire à des gens civilisés.
Après une nuit de sommeil bien réparateur, comme aimanté, Martin retourna seul plaquer son œil sur la fissure du mur qui le séparait de « sa belle ». Il venait de reprendre son observation quand il entendit un bruit de pas. Il se retourna promptement. Le jeune garçon de quinze ans était là. Il tremblait légèrement. Quand il toucha le bras de Martin, ce dernier constata que ses doigts étaient glacés.
— Je vais vous montrer un passage, murmura-t-il.
Martin sourit, profondément soulagé, il lui dit :
— Merci. On peut y aller maintenant.

— Oui. Je vous laisserai entrer. Pour ma part, je resterai à l'extérieur, annonça-t-il en haletant, comme s'il étouffait.
— De quoi as-tu peur ? Je prends la responsabilité de pénétrer dans une propriété sans autorisation, quoique je...
L'adolescent l'interrompit en lui saisissant le bras :
— Les autres... Quand vous retournerez à l'hôtel, vous ne leur direz pas, aux autres, que je vous ai montré comment entrer.
— Bien sûr que non, si tu ne le veux pas.
— Je vous en supplie, ne dites rien. Cela ne leur plairait pas.
— Qui a construit ce mur ?
— Je ne sais pas, dit le garçon. Il est vieux, ce mur.
Martin fut conduit jusqu'à l'entrée d'un souterrain recouvert de broussailles et d'épineux, qui passait sous le mur d'enceinte. À cet endroit-là, le jeune homme refusa d'aller plus loin.
Le collectionneur continua seul dans le souterrain.
On ne le revit jamais...
Sa disparition suscita de vifs commentaires. Certaines langues se délièrent. Quelques jours plus tard, les gendarmes, chargés de l'enquête, entendirent des choses très étranges auprès des habitants. Le plus sérieux d'entre eux, l'historien local, un certain Barnabé, était familier de la mythologie grecque. Il raconta aux enquêteurs que « les Gorgones » avaient investi le

domaine abandonné qui intéressait tant le marchand d'art disparu !

— Les Gorgones ? dit un gendarme.

— Oui, vous ne connaissez pas le mythe des Gorgones : trois sœurs, Méduse, Euryale et Sthéno, dont la tête portait des serpents en guise de chevelure ; trois créatures si horribles à voir que quiconque osait les regarder était instantanément changé en pierre.

— Quel rapport avec notre affaire de disparition ? questionna le gendarme.

— Justement, il y a un rapport. D'après les anciens du village, les Gorgones seraient les gardiennes des lieux. Certes, Persée avait tué Méduse, mais ses deux hideuses sœurs, Euryale et Sthéno, seraient immortelles.

— Immortelles ! Mais c'est impossible !

Le gendarme, qui venait de terminer sa remarque, releva l'admirable perfection de la statue de la mère et de l'enfant, comme s'ils venaient d'être statufiés. Aussi, il prit une photographie de ce chef-d'œuvre incomparable. Il ne voulait pas en faire un agrandissement pour l'apposer sur l'un des murs de son bureau, mais pour la comparer avec celles de personnes ayant disparu ces dernières années.

Son enquête dura plusieurs mois. Il identifia une dame et son bébé qui, indiscutablement, ressemblaient parfaitement à la dame et à l'enfant de la statue de la propriété abandonnée. Leur disparition remontait à cinq années. Une coïncidence, probablement. La compagne de Martin et l'adolescent témoignèrent de ce qu'ils avaient vu et entendu. Quant au souterrain et à la maison abandonnée, ils étaient totalement vides.

L'enquête ne permit pas, non plus, de retrouver Jérôme Martin. Que lui était-il arrivé ? Avait-il croisé son regard avec l'une des sœurs Gorgones ? Tout individu raisonnable en douterait. Les gendarmes également, surtout quand ils découvrirent que Martin devait des sommes colossales au fisc français et qu'il faisait également l'objet de poursuites judiciaires émanant de quelques pays où il avait effectué des transactions peu honnêtes. S'était-il servi du mythe des Gorgones pour faire croire qu'il avait été leur victime ? D'aucuns le pensèrent, en particulier l'un de ses confrères qui, par hasard, l'avait croisé dans la rue d'une ville d'un État de l'Amérique du Sud. Cela dit, la presse locale fit remarquer que les Poigris, anciens propriétaires de la demeure où, selon Barnabé, sévissaient les sœurs Euryale et Sthéno, avaient aussi disparu depuis un demi-siècle, alors qu'ils n'avaient eu, apparemment, aucun motif à quitter la société de leurs contemporains ! À ce jour, le mystère de la disparition de ces trois personnes reste entier.

40

Le blasphème du docteur

Sur la côte nord du Cotentin battue par tous les vents et fouettée par toutes les tempêtes, Cherbourg est une digue immense qui dessine, avec la courbe de sa baie, un ovale parfait. Sous l'impulsion du capitaine de vaisseau de La Bretonnière, les travaux commencèrent en 1776. Le roi Louis XVI assista à l'immersion des premiers blocs de remblai. Napoléon Ier inaugura l'avant-port en 1813. Malgré les marées et les tempêtes, le port fut terminé en 1853.

Amoureux de la mer, le docteur Jules Vébert y a ancré son bateau. Ni spécialement croyant, ni particulièrement mécréant, ce médecin, qui a une parfaite confiance en la science tout en restant conscient de ses limites, ne croyait qu'à ce qu'il voyait, jusqu'à une certaine date...

Or, au cours de l'été 1990, naviguant à la voile avec des amis bons vivants et joyeux drilles, tous se mirent à parler de la religion, de Dieu et des sciences occultes. Partis de bon matin de Cherbourg avec la marée, ils voguaient en direction de Guernesey, sous « spi », c'est-à-dire avec une voile triangulaire d'avant d'une grande surface et très creuse, pour donner à l'embarcation un maximum de vitesse.

Tenant la barre, le docteur Vébert rétorqua à l'un de ses amis profondément croyant qui parlait de Dieu depuis une heure, avec la foi du charbonnier : « S'il existe un Bon Dieu, que le ciel me tombe à l'instant sur la tête et peut-être croirai-je en lui ! »

À peine l'homme de science eut prononcé ce blasphème que, sans raison apparente, la voile triangulaire se décrocha de la tête du mât, se mit en torche et s'enroula dangereusement autour de l'étai. Une risée vint à point nommé s'engouffrer dans la poche de tissu, faisant méchamment claquer la voile au risque de la déchirer. Puis, le vent devint de plus en plus violent. La mer se déchaîna. De hautes vagues claquèrent contre le navire qui luttait désespérément pour ne pas se coucher. L'équipage se trouva assailli par des difficultés de toutes sortes. Tous virent un signe dans le déferlement des éléments. Il fallut une bonne demi-heure pour s'échapper de cette épreuve redoutable.

Le docteur Vébert décida de prendre la route du retour, prétextant des avaries importantes. En fait, profondément troublé par ce qu'il venait de vivre, il estima qu'il avait reçu une leçon qui méritait d'être méditée sur la terre ferme !

Coïncidence, diront certains. Toutefois, depuis cette aventure, les convictions matérialistes de ce médecin sont beaucoup moins certaines...

41

Treize à table

Passionnés de sciences occultes, quelques amis se réunissaient régulièrement tantôt chez l'un, tantôt chez l'autre. Au fil des ans, ils se livraient, avec plus ou moins de succès, à des quantités d'expériences de voyance, de spiritisme ou de magie. Ils avaient fait tourner les guéridons et le pendule, consulté les cartes et la boule de cristal, lu l'avenir dans le marc de café et dans les lignes de la main... Les résultats s'étaient souvent révélés intéressants et surprenants, mais pas vraiment transcendants, sauf une fois, quand l'un des occultistes amena un invité à l'une de leurs réunions, au cours du mois de mai 1990. Prénommé Martin, il se disait médium. Pour le mettre à l'épreuve, Pierre Bougival le pria de communiquer le nombre de personnes qui assisteraient dans son appartement parisien au réveillon de fin d'année, de décrire le décor et de tracer le portrait de quelques-uns d'entre eux. *Endormi*, Martin déclara ce qui suit :

— Vous passez le réveillon du Jour de l'an en Normandie, dans un village près d'une forêt.

La propriété s'appelle « Les Charmilles ». Je vois un feu de cheminée. Vous êtes treize à table et la maîtresse de maison en est très contrariée. Sept femmes et six hommes sont présents. Près du feu, j'aperçois une femme âgée aux longs cheveux gris. Cette personne vit dans un vieux manoir. Un homme en smoking et une belle femme dans une robe très décolletée lui parlent... Je vois aussi un train immobilisé en rase campagne...

On en resta là, mais les commentaires furent nombreux. « On allait bien voir ce qui se passerait réellement », disaient la plupart de ces amateurs de tables tournantes. Courant novembre, Pierre Bougival adressa une vingtaine d'invitations à des amis pour réveillonner à son domicile.

Le 30 décembre 1990, rentrant de faire des achats, Pierre et son épouse, Michèle, découvrirent leur appartement complètement dévasté par une inondation. La voisine du dessus avait oublié de fermer les robinets de sa baignoire pendant son absence. Les dégâts occasionnés se révélèrent très importants.

Pierre et Michèle décidèrent de décommander leur réception de la Saint-Sylvestre. Catherine, la première amie à qui ils téléphonèrent, se proposa d'organiser ce réveillon dans sa maison de campagne, près de la forêt de Brotonne, en Seine-Maritime. Le couple accepta et prévint tout le monde du changement de programme. Prises au dépourvu, des personnes se

décommandèrent sous des prétextes divers. Il ne restait plus que seize convives.
Le 31 au matin, Michèle Bougival et son amie Catherine chargèrent toutes les victuailles du réveillon dans une voiture et prirent la route de la Normandie. À l'arrivée, la jeune femme eut un choc quand elle vit un écriteau sur le portail d'entrée qui portait l'inscription « Les Charmilles ». Elle se rappela la prédiction de Martin... qu'elle chassa aussitôt de son esprit, estimant que c'était une coïncidence. Tout fut installé, la grande salle à manger décorée, le feu et les chambres préparées.
Catherine avait invité sa grand-mère, une octogénaire qui vivait solitaire, pas très loin, dans un vieux manoir, comme il en existe encore beaucoup en Normandie.
Vers dix-sept heures, de Bordeaux, Pierre appela sa femme. La locomotive du train qui le ramenait sur Paris était tombée en panne en rase campagne, à deux cents kilomètres de la capitale.
La SNCF allait faire embarquer les voyageurs dans des autocars jusqu'à la prochaine gare puis mettre à leur disposition un autre train. Ainsi, il n'arriverait pas à temps à Paris pour prendre sa voiture, embarquer leurs amis Paul et Suzanne et rejoindre leur résidence secondaire pour le réveillon. C'était une véritable catastrophe !
Catherine téléphona à Suzanne pour la prévenir des difficultés de Pierre. Elle ne put la joindre malgré plusieurs appels. Le réveillon s'annonçait mal. Elle

refit le compte des invités. En admettant que seul Pierre puisse arriver, ils seraient quatorze.

À vingt-trois heures, exceptés Pierre, Paul et Suzanne, tout le monde était présent. Charles, l'un des convives, portait un smoking et son épouse une magnifique robe très décolletée. Catherine ne put s'empêcher de penser, à nouveau, aux propos du *médium*.

Peu avant minuit, Pierre informa Catherine par téléphone qu'il était tombé en panne de voiture sur l'autoroute, après le pont de Saint-Cloud, et qu'il n'arriverait, du coup, que dans la matinée suivante, avec Paul et Suzanne.

Aux douze coups de minuit, treize personnes levèrent leur coupe de champagne et se souhaitèrent une bonne et heureuse nouvelle année. Les prédictions de Martin s'étaient réalisées...

42

La vieille lady d'Honfleur

Située à l'extrémité orientale de la Côte Fleurie, au pied du plateau boisé de la Côte de Grâce, Honfleur fascina les impressionnistes Jongkind, Courbet, Monet, Whistler, Sisley et Boudin.

Ce petit port pittoresque séduisit également des gens de lettres. Baudelaire y composa *L'Invitation au voyage*. Lucie Delarue-Mardrus écrivit le magnifique poème *Honfleur,* inséré dans le recueil *Souffles de tempête.*

Cette ville joue encore un rôle artistique important. Elle est le lieu de naissance du prince de l'humour Alphonse Allais dont les bons mots sont repris aujourd'hui par *Les Grosses Têtes.* Les humoristes amateurs ou professionnels viennent ainsi en pèlerinage à Honfleur. D'ailleurs, l'académie Alphonse-Allais remet chaque année le prix littéraire national Alphonse-Allais. Ont déjà été lauréats : Jean-Marie Proslier, Léo Campion, Sim, José Artur, Yvan Audouard, Jacques Rouland, Arletty et Claude Dufresne, sans compter les prix de l'humour remis à Gilles-Marie Baur, Jean-Paul Rouland, Claude Turier, Éliane Girard, Brigitte Kernel, et à votre serviteur, Jean-Paul Lefebvre-Filleau.

Mais, pour les connaisseurs en art divinatoire, Honfleur est surtout l'endroit où, il y a une quarantaine d'années, vivait une vieille dame d'une grande sensibilité et qui devinait, sans se tromper, le nombre d'enfants que chacun aurait dans sa vie. Quelques personnes s'en souviennent encore.

Jeanne Borel faisait profiter gratuitement de son don ceux qui lui demandaient courtoisement de les recevoir. Ses allures de lady et son extrême gentillesse intimidaient toujours ses interlocuteurs. Pourtant, elle leur offrait le thé ou le café tout en devisant avec eux des choses de la vie, le plus simplement du monde, avant de se saisir de son pendule. Ce dernier ne ressemblait pas aux classiques ustensiles que l'on peut se procurer dans le commerce spécialisé. C'était une chaînette en or qui soutenait une bague du même métal, l'alliance de son défunt époux. Elle plaçait son pendule au-dessus de la tête des gens qui voulaient se soumettre à sa divination. L'opération ne durait que quelques instants.

Un jour, un couple de jeunes mariés la pria de les éclairer sur leur future progéniture. Elle prévit trois enfants pour la jeune femme et aucun pour l'époux ! Surprise de part et d'autre... Puis, inquiétude de la voyante. À juste titre, malheureusement. Le mari se tua en voiture deux mois plus tard, confirmant ainsi la prédiction. La jeune veuve se remaria et eut, effectivement, trois enfants...

La légende a peut-être pris le pas sur la réalité. Il reste entre les deux une marge d'appréciation que le lecteur ne manquera pas de mesurer...

43

Le Père Raoul

À la fin du XIXe siècle, en Normandie, lorsqu'un sort avait été jeté sur une personne, on disait qu'une multitude d'animaux venimeux la tourmenteraient jusqu'à la mort. Quant au bétail, il pouvait également mourir. Mais, généralement, le mauvais sort avait plutôt tendance à empêcher une vache de donner son lait, ou le lait de produire de la crème.

« De l'autre côté de l'eau », comme disent les Normands de Seine-Maritime, quand ces incidents se produisaient, les paysans en expliquaient la cause en affirmant que la vache, devenue stérile, avait été ensorcelée par un homme qui avait *le cordeau.*

Ce cordeau, ou *corde à beurre,* devait avoir un certain nombre de nœuds faits par la main d'un magicien. Le *j'teu d'sort* attachait cette corde à l'une des pattes arrière de la vache. Ensuite, l'animal était conduit dans les chemins fréquentés par les bestiaux. Si une autre vache venait à passer le même jour, au même endroit, tout le lait et tout le beurre qu'elle était en état de produire profitait au *maître du cordeau.* Toutefois, celui qui avait sa vache ensorcelée de la sorte possédait une parade. Il lui fallait acheter un cœur de bœuf dans lequel il enfonçait un paquet d'aiguilles. Puis, il le faisait bouillir à grand feu. Le cœur de bœuf, ainsi préparé, constituait un charme puissant qui forçait l'ensorceleur à venir se mettre à la merci du propriétaire du bovin...

Toutes ces *recettes* sortaient de vieux grimoires dans lesquels étaient compilées des formules ténébreuses. Les paysans en avaient peur. Cependant, des mains audacieuses ont consulté le *Dragon rouge*, le *Grand* ou *Petit Albert*, estimant que les miracles de la sorcellerie peuvent également s'opérer en vue d'une bonne cause. De là vient que les sorciers se divisent en deux classes opposées : les bons qui sont occupés à lever les sorts jetés par les mauvais.

Fort à propos, pas très loin du pays de Marie Harel, la fermière qui fit connaître le camembert, vécut un *bon vieux sorcier*, le Père Raoul, qui guérissait en cachette et gratuitement hommes et bêtes.

Il y a quelques années, l'une des vaches d'une ferme proche de Vimoutiers (Orne) eut le charbon, maladie infectieuse et contagieuse qui se traduit par des pustules qui se rompent en laissant des escarres noires. Le fermier, Eugène Vencouvert, envoya son jeune commis chez le Père Raoul pour simplement lui dire : « La vach' à Vencouvert est tombée. »

À l'arrivée du jeune homme, le Père Raoul ne bougea pas d'un pouce. Il demanda le nom et la couleur de l'animal et entra en prière :

— Seigneur, je te conjure de préserver et de délivrer de tous les charmes, quels qu'en soient leurs auteurs ou leur nature, l'animal de votre serviteur Eugène Vencouvert. Ne permets pas qu'une magie, qu'un sortilège ou maléfice ait un pouvoir sur cette bête. Je te demande et te prie humblement de détruire et de rendre sans effet toute nuisance qui pourrait affecter cet animal qui accompagne Eugène dans son existence, tout comme furent tes témoins le bœuf et l'âne dans l'étable qui vit ta naissance, la colombe aux rives du Jourdain qui vit ton baptême, le coq au palais de Caïphe qui vit ta passion. Ainsi soit-il.

Puis, le vieil homme marmonna :

— Ta vach' est guérie, mon gars.

Au retour du commis de ferme, la vache semblait déjà en meilleure santé. Quelques jours plus tard, il ne subsistait aucune trace de la maladie...

Le Père Raoul n'est plus de ce monde. On dit dans la région qu'il a transmis ses pouvoirs à l'un de ses neveux.

Ne prenant aucun argent à ceux qui le sollicitaient pour un service, cet homme était incontestablement quelqu'un qui s'évertuait à faire le bien.

44

La trouvaille diabolique

Mes portes sont toujours ouvertes, telle est la devise de la ville d'Étretat qui est la meilleure introduction à la découverte de la Côte d'Albâtre. C'est en effet dans cette charmante station balnéaire qu'on trouve les plus beaux et les plus fiers monuments de l'architecture de la mer. Ainsi, Alphonse Karr, Camille Corot, Claude Monet, Guy de Maupassant, Jacques Offenbach, Maurice Leblanc, Jules Massenet et bien d'autres furent séduits par ce cadre magnifique.
Il y a plusieurs années, un Parisien, attiré par la beauté du site, acheta une ancienne ferme, proche de la célèbre station balnéaire, pour y passer ses vacances. En rénovant les communs, il découvrit, dans l'épaisseur des murs du grenier, une cache bien dissimulée contenant un petit coffre de bois et quelques objets de culte. Outre des pièces anciennes en cuivre, le coffre contenait des broches ressemblant à des talismans, un bâton couvert d'inscriptions hébraïques et des signes qualifiés de cabalistiques. Il y avait également une croix de fabrication artisanale avec un Christ

cloué la tête en bas et un démon sur l'autre face ; des livres aussi, dont un grimoire rédigé en vieux français, une bible et d'autres papiers datant du XVIIIe siècle.
Intrigué, le nouveau propriétaire examina ces reliques, pensant qu'il avait peut-être trouvé un trésor inestimable. À leur lecture, il apprit qu'un nommé Mathieu Manoury avait manié la furcelle (baguette de sourcier). Ce livre, qui se présentait sous la forme de feuilles de papier grossièrement reliées, relatait la vie de la famille Manoury depuis le Moyen Âge, entrecoupée de recettes miraculeuses et de formules magiques.
Mathieu Manoury racontait qu'il avait passé un pacte avec le diable dès l'âge de vingt ans. Marié à vingt et un ans, il fit bénir ses noces par Satan après avoir reçu les sacrements de l'Église. Il narrait aussi, avec détails, son initiation par Amduscias, prince des enfers, avant qu'il ne l'autorisât à participer au sabbat.
Le livre contait les *envols* de Mathieu Manoury, lorsqu'il s'échappait de sa demeure par la cheminée, monté sur son *baculus* – ni plus ni moins qu'un balai ordinaire de cantonnier – taillé dans une branche de chêne trempée dans le sang d'un supplicié...
Le sabbat se déroulait chaque vendredi de pleine lune, sous la surveillance de Sabathan, le délégué de Satan pour l'ordonnancement de la cérémonie qui rassemblait plus de mille *sorciers* et *sorcières*. Durant toute la nuit, ces serviteurs du diable dansaient et

forniquaient avec Asmodée, le démon personnifiant l'amour impur, Bathim, le démon des envoûteurs, Botris, le démon des empoisonneuses, les Goules, vampires vivant dans le corps des morts, et les Lamies, petites larves apparaissant aux vivants sous l'apparence de fantômes...

Quelle trouvaille ! Était-ce l'œuvre d'un dément ? Celui-ci avait-il habité l'ancienne ferme ? Le Parisien jugea prudent de se débarrasser de cette littérature démoniaque. Il arrosa d'essence le coffre et tout son contenu et y jeta une allumette enflammée. Voulant également prendre une assurance pour l'avenir, il demanda au curé de bénir sa propriété... Il eut bien raison d'agir ainsi.

45

La poursuite infernale

On pourrait légitimement penser que la société d'aujourd'hui, rationaliste et matérialiste, est à l'abri de croyances qui, pour certains, ne sont que des fables. Erreur ! Les *j'teux d'sorts* seraient toujours parmi nous. Aussi incroyable que cela puisse paraître, l'envoûtement se pratiquerait encore à l'ouest de Cabourg (Calvados).
À cet endroit, la physionomie de la Côte Fleurie change. Plantées de pins au Hôme-sur-Mer, rongées par un maquis bourru à Merville-Franceville-Plage et embourbées dans le marais de Sallenelles, de belles dunes apparaissent et font le plaisir des touristes.
Si l'on en croit un couple d'habitants de cette région, France et Jérôme Durand, il n'y aurait pas que les touristes qui soient attirés par cette partie de la Côte Fleurie : des sorciers s'y promèneraient également !
En 1982, les Durand demeuraient dans une petite station balnéaire particulièrement renommée pour la beauté de sa plage. Cette année-là, d'étranges manifestations se produisirent dans leur maison : les

interrupteurs de lumière électrique s'allumèrent seuls ; les rideaux des fenêtres s'ouvrirent et se fermèrent sans la moindre intervention humaine ; des assiettes entreposées dans le buffet de la salle à manger se brisèrent sans qu'aucune personne ne les manipulât ; les carpettes se retournèrent à l'envers. Un soir, Jérôme posa son pantalon sur la rambarde de l'escalier, à l'étage. Le lendemain matin, son vêtement était trempé et le vernis du bois enlevé...
La grand-mère de Jérôme mourut en 1984. Le petit-fils hérita de la propriété de sa parente située près de l'embouchure de l'Orne. Il y emménagea avec sa femme et ses filles. Cette fois-ci, il était devenu impossible d'accrocher quoi que ce soit sur les murs. Seuls tenaient les objets que la défunte y avait laissés ! En outre, dès que les Durand se couchaient, les pas d'une personne qui boitait se faisait entendre dans l'escalier !
Un jour, les vitres des fenêtres du garage implanté dans leur jardin, à une vingtaine de mètres de l'habitation, se brisèrent. Mais les débris de verre, au lieu d'être tombés dans le garage, jonchaient le sol du jardin, comme si quelqu'un avait cassé les carreaux de l'intérieur alors que la porte était toujours fermée à clé... Troublés, les Durand préférèrent vendre la propriété. Ils retournèrent dans la petite station balnéaire de la Côte Fleurie et louèrent une maison. Enfin, un calme relatif s'installa au sein du foyer. Cependant, la voiture familiale tomba de très

nombreuses fois en panne, et Jérôme Durand abandonnait parfois son travail sans comprendre pourquoi, comme s'il n'avait plus conscience de ses actes...

Au début de l'année 1992, la famille Durand loua une autre maison dans la même localité. Elle l'occupait encore en 2008.

Un soir où le couple franchissait le seuil de sa chambre à coucher, un cadre contenant la photographie du défunt père de Jérôme tomba brutalement de la table de chevet. Au même moment, dans la chambre de leur fille aînée, une véritable sarabande se mit en branle : la chaîne stéréophonique s'alluma, les poupées et les peluches dansaient et le lit sautait sur ses pieds !

Au cours du mois d'août 1993, leur fille cadette écoutait de la musique provenant d'un magnétophone, en compagnie d'une camarade de classe. Soudain, les deux adolescentes perçurent des voix parlant en anglais, en espagnol et en latin, ainsi que des rires sataniques. Pourtant, l'enregistrement ne contenait que des morceaux de musique moderne...

À plusieurs reprises, d'abominables choses eurent également lieu dans le garage. Celui-ci, attenant à la maison, jouxte un cellier muni d'une porte intérieure. De leur salon, les Durand entendirent des rires sonores provenant de ce local. Lorsque France Durand y pénétrait, des coups étaient portés sur la porte du cellier. La porte à bascule du garage se referma parfois sans que quiconque ne la touchât. De temps à autre, les ampoules du plafond tournèrent dans tous les sens et l'abondant bric-à-brac se mit à trembler sans aucune explication rationnelle.

Le psychisme de la mère de famille fut très affecté par ces faits surnaturels. Un proche des Durand avança qu'ils étaient peut-être les victimes d'un envoûtement et leur conseilla de consulter une personne réputée pour ses dons de voyance.

L'extra-lucide contactée leur affirma qu'une femme brune piquait des poupées pour leur envoyer un esprit du mal et précisa que « la piqueuse de poupées », assistée par deux autres femmes, avait tenté de les séparer « sexuellement ». Dans ce registre, le voyant leur demanda de vérifier l'état de l'oreiller du lit de Jérôme et de le remplacer si quelque chose d'anormal apparaissait. Le couple éventra l'oreiller et constata que celui-ci présentait des plumes tordues et rosées comme par du sang !...

Très affectés par cette découverte, France et Jérôme Durand firent appel au curé de leur paroisse. Ils lui exposèrent ce qu'ils avaient vécu depuis 1982. Le prêtre bénit la maison et récita la prière suivante : « Je te chasse, Esprit du mal, et je te somme par le vrai Dieu, par le Dieu vivant, par le Dieu saint, de sortir et de t'éloigner de ce lieu, pour n'y plus jamais revenir. Je te l'ordonne au nom de Celui qui t'a vaincu et qui a triomphé de toi sur le gibet de la croix et dont la puissance t'a lié à jamais. Je t'ordonne de ne plus épouvanter jamais ceux qui habitent en

cette demeure et fréquentent ces endroits, au nom de Dieu, Père, Fils et Saint-Esprit, qui vit et règne dans tous les siècles et des siècles.
Nous t'en supplions, Seigneur, visite cette demeure et ces lieux, et chasse-en bien loin toute embûche de l'ennemi ; que tes saints anges y habitent, nous conservant dans la paix ; et que ta bénédiction soit toujours avec nous. Ainsi soit-il. »
Le prêtre leur offrit une statue de la Vierge Marie et leur conseilla de prier Dieu chaque jour pour retrouver la paix.
Depuis la visite de l'ecclésiastique et de celles d'amis sincères, il semble que la sérénité soit revenue dans la maison de France et de Jérôme Durand.

46

Le cadavre du conduit de cheminée

Lors du rude hiver de l'année 1999, à S..., un village de l'Orne, une sordide découverte ébranla tous les habitants de la région. Des personnes (parents, amis) présentes encore aujourd'hui sur la commune ou dans les environs, qui ont vécu ce triste événement, ont été très bouleversées. C'est la raison pour laquelle les patronymes et les noms des lieux liés rapportés dans ce chapitre ne portent que des initiales.
Un jour de décembre, gris et triste, sans une feuille sur les arbres, le Parisien M... T... comptait se reposer quelques jours dans sa résidence secondaire. Il n'était pas venu dans sa propriété de S... depuis plus de dix-huit mois, ce qui expliquait l'état de son jardin qui présentait des herbes folles et de grands chardons desséchés et blancs de givre.
Après avoir franchi la porte d'entrée de sa maison et pénétré dans la salle à manger, il sentit une odeur très particulière, celle d'un cadavre en décomposition.

M... T... connaissait plus ou moins cet effluve, en tant que médecin hospitalier. L'arôme qui se dégageait dans la pièce était semblable à celle d'un fromage fort comme l'époisses ou le maroilles. La décomposition était donc avancée.

Mais où était le corps ? Il fallut au docteur T... un bon quart d'heure pour fouiller sa demeure et découvrir dans le large conduit de la cheminée campagnarde du salon un cadavre paraissant être celui d'homme, de corpulence mince, qui reposait sur la grille de séparation du conduit avec le foyer !

— Ça alors ! dit-il à haute voix.

T... téléphona aussitôt à la brigade de gendarmerie locale à qui il conta sa découverte. Le commandant de brigade – l'adjudant-chef P... – et deux autres militaires le rejoignirent, au bout d'une quinzaine de minutes. L'enquête commençait.

Le substitut du procureur de la République, à Alençon, informé des faits par l'adjudant-chef de gendarmerie, fit ouvrir une enquête aux fins de déterminer les causes de la mort. Conformément à l'article 74 du Code de procédure pénale relatif à toute découverte de cadavre, celle-ci fut confiée à la gendarmerie.

Les techniciens en investigation criminelle (TIC) de la brigade de recherches d'Alençon se déplacèrent afin de procéder aux constatations et prélèvements de toutes traces et indices susceptibles de concourir à la manifestation de la vérité.

Concomitamment, sur réquisition à personnes qualifiées, le directeur d'enquête fit démonter par un forgeron la grille de la cheminée et reçut le concours des pompes funèbres afin d'accéder au cadavre. Celui-ci, examiné par les enquêteurs et le médecin généraliste local, ne présentait pas de signes particuliers qui auraient pu immédiatement apporter un éclairage sur les causes de la mort. De plus, il ne fut trouvé aucun document administratif ou privé de nature à identifier la victime, ni aucune trace ou indice pouvant faire avancer l'enquête. Dès lors, sur décision du parquet, le corps fut transporté à l'institut médico-légal pour être autopsié.

Deux jours plus tard, le médecin légiste rendit son rapport : le cadavre était celui d'un homme âgé d'une vingtaine d'années, d'une taille d'un mètre soixante-dix environ, initialement de corpulence très mince, de type méditerranéen, décédé depuis plusieurs mois de mort naturelle, à la suite d'une déshydratation totale, sans autre précision. Autrement dit, le jeune homme était mort de faim et de soif !

L'identification du cadavre apparut tout de suite très difficile. Bien sûr, un prélèvement ADN du cadavre avait été effectué. Celui-ci aurait pu être utile, à la condition que l'ADN relevé corresponde à l'auteur d'un crime ou d'un délit. Mais à cette date, le fichier national automatisé des empreintes génétiques était peu pourvu et ne fut donc d'aucun secours pour les enquêteurs. Ceux-ci se tournèrent alors vers les vieilles méthodes qui avaient, depuis bien longtemps, fait leurs preuves.

Les TIC d'Alençon avaient remarqué de nombreuses traces de tentatives d'ouverture sur la porte d'entrée de la maison et sur les volets du rez-de-chaussée, provoquées par un outil semblable à un pied-de-biche. P... subodora donc que la personne morte de faim et de soif s'était introduite dans ce vieux conduit de cheminée, suffisamment large pour y recevoir un homme mince, dans l'intention de pénétrer dans la maison, après plusieurs tentatives sur les autres ouvertures. Ignorant la présence d'une solide grille en fer forgée avant l'accès au foyer, l'homme retrouvé décédé n'avait pu effectuer le chemin inverse. Triste fin pour un cambrioleur !

Le gradé supérieur de la gendarmerie émit une deuxième hypothèse : comme aucun des outils n'avait été retrouvé pour ce genre de délit dans le conduit de cheminée ou à proximité du bâtiment, il en déduisit qu'il y avait eu un deuxième cambrioleur et que ce dernier était probablement parti chercher une corde pour sortir son ami. Sans doute, mais comment identifier ce deuxième personnage ?

P... décida alors d'établir la liste des personnes disparues depuis vingt-quatre mois dans le département de l'Orne et dans les départements limitrophes. Ce travail fut réalisé avec l'assistance des brigades départementales de renseignements et d'investigations judiciaires (BDRIJ) des départements concernés. Ces unités de gendarmerie sont dédiées à la centralisation, à l'orientation, à la diffusion et à l'exploitation des fichiers nationaux concernant les personnes et les véhicules recherchés, et aux rapprochements judiciaires au profit des enquêteurs qui les sollicitent.

À l'issue de quelques semaines, le commandant de la BDRIJ d'Alençon informa l'adjudant-chef P... de la disparition inexpliquée, depuis le mois de février 1999, de A... B...-K..., jeune délinquant de dix-neuf ans demeurant à L... (Orne) dont le signalement cadre avec celui, même sommaire, fait par le médecin légiste.

C'était une première piste à suivre, peut-être la bonne. P... s'empressa de rendre visite aux père et mère du disparu à qui il fit subir, avec leur consentement, un prélèvement ADN, afin de s'assurer d'une éventuelle parenté qui conduirait alors à l'identification du cadavre découvert dans la cheminée du docteur T...

Mis en confiance par le gendarme, le couple se déclarait aussi particulièrement éprouvé par la mort de leur fils aîné, M..., qui, à vingt et un ans, avait été tué dans un accident de la circulation routière, le 14 février 1999, sur la route entre S... et L...

P... fut particulièrement attentif à ces propos. En effet, M... était un délinquant notoire, multirécidiviste malgré son jeune âge. Il avait déjà été incarcéré à la prison d'Alençon.

L'adjudant-chef pensait tenir l'aboutissement de cette énigme. Néanmoins, il patienta jusqu'à la date du résultat de l'analyse comparative des ADN du cadavre de la cheminée et de M. et Mme B...-K...
Il n'y avait dorénavant aucun doute : A... B...-K... était bien le fils de M. et Mme B...- K... Dès lors, l'adjudant-chef P... examina la procédure archivée de l'accident de la circulation au cours duquel M... B...-K... avait perdu la vie. D'après les témoins et la météorologie, les causes de l'accident étaient les suivantes : la vitesse excessive et le verglas sur la chaussée avaient provoqué la perte de contrôle du véhicule par son conducteur.
L'adjudant-chef, dans son procès-verbal, conclut que les deux frères s'étaient rendus ensemble à S..., dans l'intention de cambrioler la demeure du docteur T... N'ayant pu s'extraire du conduit de cheminée, A... B...-K... demanda à son frère M... de se procurer une corde ou tout objet similaire afin de le sortir de ce piège. Sur le trajet, M..., stressé probablement par la tournure de cette tentative de cambriolage et roulant trop vite malgré le mauvais état de la chaussée, s'était tué accidentellement, condamnant ainsi son frère à la mort.
Un fait divers presque similaire s'est produit aux États-Unis. Retrouvé dans une ancienne cheminée d'une banque de la Nouvelle-Orléans, en 2011, un jeune était disparu depuis vingt-sept ans, soit en 1984 ! Selon la chaîne d'information américaine

ABC News, le squelette de Joseph Schexnider, âgé de vingt-deux ans le jour de sa disparition, a été découvert fortuitement lors de travaux de rénovation dudit établissement bancaire.
Le sheriff local déclara qu'« il était probablement mort de déshydratation et de faim, restant bloqué dans cette ancienne cheminée. L'endroit a, par la suite, été condamné, ce qui explique la découverte tardive ». Il estima que Schexnider avait eu très certainement l'intention de cambrioler la banque. Il ajouta que « maintenant que sa mère sait qu'il est décédé, je pense qu'elle pourra faire son deuil ».
Souvent, la réalité dépasse la fiction…

47

Deux cadavres découverts dans une baignoire

À L'Aigle (Orne), en janvier 2016, les gendarmes constatèrent la présence du cadavre d'un homme dans une baignoire. L'événement est atypique dans la mesure où le meurtrier, âgé de cinquante et un ans, s'était présenté spontanément à la gendarmerie et tenta de faire croire aux enquêteurs qu'il n'avait rien à voir avec cet homicide qui s'était déroulé le jour même dans un appartement de la tour Jules-Romain de la cité de La Madeleine.

Après leurs constatations minutieuses de la scène de crime (recherches d'empreintes palmaires et d'ADN, relevés biologiques divers, etc.), les pandores établirent rapidement que l'homme de cinquante et un ans qui témoignait de cette découverte de cadavre dans la baignoire de la salle de bain dudit appartement était bien la dernière personne à avoir vu la victime, comme il le certifiait lui-même. Le témoin ajouta qu'il avait passé la soirée avec cet homme de quarante-six ans à boire du whisky, en présence d'autres personnes. Ces faits furent établis par l'enquête. Par contre, les circonstances du décès de la victime étaient beaucoup moins claires : le témoin expliqua d'abord aux gendarmes qu'il avait retrouvé son ami mort dans la baignoire, après que ce dernier a chuté à plusieurs reprises dans l'appartement, à cause de sa forte alcoolisation.

À la vue du visage tuméfié et des ecchymoses que portait le défunt, les gendarmes l'invitèrent à revoir sa déposition et le placèrent immédiatement en garde à vue. Dès lors, un peu plus loquace, il expliqua qu'il avait vu la victime se faire une *trace* d'héroïne à partir d'un pochon qui lui appartenait. En colère, il lui avait infligé un aller-retour au visage, ainsi que des coups de fil électrique sur le dos. Le médecin requis releva en effet vingt-cinq traces de lacération dans le bas du dos, ainsi qu'un traumatisme anal réalisé avec un objet et des traces de strangulation. Mais le gardé à vue nia toute sodomisation et toute strangulation. Le parquet d'Alençon requit l'ouverture d'une information. Le juge d'instruction saisi le mit en examen pour meurtre avec actes de barbarie et de torture, puis délivra un mandat de dépôt qui aboutit à son incarcération, en attendant son procès. Malgré ces dénégations, un expert légiste, après analyse de nombreux échantillons de peau et d'organes réalisés par les *techniciens de la scène du crime* de la gendarmerie nationale, à la fois sur la victime et sur le prévenu, put affirmer catégoriquement, le jour du

procès, que les violences subies par la victime avaient eu lieu de la manière suivante : remontant à plus de quatre heures et à moins de douze à seize heures avant le décès de la victime, les violences entraînèrent un traumatisme crânien, une hémorragie cérébrale, des ecchymoses au visage et une fracture du cartilage de la thyroïde après une première strangulation et une seconde, datée entre une demi-heure à une heure avant le décès, révélé par un traumatisme anal, des lacérations dorsales et une strangulation avec un lien.
Toutes ces violences se sont déroulées alors que la victime était encore vivante, le décès étant dû aux lésions cérébrales, qu'elles aient généré ou pas un arrêt cardiaque ou une asphyxie pulmonaire dans la foulée.
Cet expert estima que la victime avait agonisé entre cinq heures minimum et seize heures maximum avant de mourir.
L'auteur de cet homicide horrible fut condamné par la cour d'assises de l'Orne, le 18 septembre 2018, à vingt-cinq années de réclusion criminelle.

***

La commune du Mont-Saint-Aignan (Seine-Maritime), située sur une colline, surplombe la ville de Rouen. Elle n'a pas la même histoire que L'Aigle ni la même physionomie. Elle est surtout connue pour son immense université qui dispose d'un campus de douze mille étudiants, l'un des plus

importants de France. Présentant de nombreux attraits, de nombreuses personnalités se lièrent à cette ville : l'écrivain Hervé Bazin, le coureur cycliste Jacques Anquetil, l'humoriste Vincent Lagaf', le champion du monde de judo Ugo Legrand, etc.
Un fait divers récent, également très atypique, s'est déroulé dans l'un de ses quartiers : le corps momifié d'un homme, décédé depuis six ans, a été découvert au domicile d'une octogénaire, en novembre 2019.
En l'absence de nouvelles d'une femme âgée, la responsable du centre communal d'action sociale (CCAS) demanda aux pompiers de se déplacer au domicile de cette habitante de la commune, avenue Gallieni. À leur arrivée, sa maison semblait abandonnée. S'étant vainement fait annoncer, les soldats du feu pénétrèrent d'autorité dans les lieux en cassant le carreau d'une fenêtre du premier étage.
« Tous les volets étaient toujours clos ; ils sont passés par la seule fenêtre où un volet était mal fermé », renseigna un voisin.
Au rez-de-chaussée, ils trouvèrent l'octogénaire allongée sur le sol, dans l'entrée du pavillon. Souffrant de déshydratation, elle fut immédiatement transférée au CHRU de Rouen.
Mais la mission des pompiers ne toucha pas à sa fin.
En effet, ils firent une macabre découverte au premier étage. Dans la baignoire de la salle de bain, il y avait le corps momifié d'un homme !

Chez les voisins du quartier, ce fut la stupéfaction. « On ne l'avait pas vu depuis des années. On pensait qu'il était parti travailler ailleurs. Avant, on les voyait tous les deux quand ils sortaient pour faire leurs courses. Lui marchait quinze mètres derrière elle. Depuis, on la voyait seule », déclara un voisin à un journaliste.

Toujours d'après ce témoin, l'octogénaire « n'avait plus sa tête. Elle parlait à voix haute, toute seule. Elle ne sortait que pour faire ses courses, sinon elle vivait seule, elle n'ouvrait à personne ».

D'après le médecin hospitalier, la mère du défunt souffrait du syndrome de Diogène, une forme de trouble comportemental associée à une tendance à l'accumulation d'objets, à une négligence de l'hygiène corporelle et domestique et, le plus souvent, à un isolement social prononcé sans la moindre nécessité de se plaindre de cette situation.

Le parquet de Rouen ouvrit une enquête aux fins de rechercher les causes de la mort du fils de la vieille dame et la confia au commissariat de police de Rouen. Le médecin légiste saisi rendit un rapport d'expertise qui conclut à une mort naturelle. L'octogénaire expliqua aux policiers que son fils de cinquante et un ans était décédé depuis six ans. Depuis cette date, elle continuait, selon elle, à s'en occuper en lui faisant sa toilette ou en lui changeant ses vêtements…

Toute la presse normande s'était émue de ce drame de la solitude. Aucun parent de cette personne de quatre-vingt-deux ans n'avait pris de ses nouvelles depuis plusieurs années, estimant sans doute que son fils était à ses côtés. Il l'était, certes, mais certainement pas comme tout un chacun l'imaginait.

48

Une sordide vengeance

Un samedi du mois de juin de l'année 2000, les obsèques de Marie Ledru, une jeune infirmière du CHRU de Caen, étaient célébrées dans l'église Saint-Pierre-et-Saint-Paul de Colombelles, une construction moderne des années soixante. Jean Duval observait attentivement Catherine, son épouse. Il la suivait des yeux tandis qu'elle semblait participer activement à la cérémonie. Pourtant, il était certain qu'elle n'en connaissait pas davantage que lui sur les offices religieux. La religion de Jean Duval, c'était les chiffres, surtout ceux qui contribuent aux bonnes affaires.
Il se rendit compte que la messe devait toucher à sa fin parce que le prêtre et les servants, portant un livre épais et un crucifix, se trouvaient maintenant à l'extrémité opposée de la nef. À cet instant, Duval observa attentivement pour la première fois un petit homme blond, placé à sa gauche.
Il s'était aperçu de sa présence quand ce personnage s'était faufilé entre les bancs, s'inclinant avec hésitation, arborant un sourire timide comme s'il voulait

faire sa connaissance. Duval sut immédiatement qu'il l'avait déjà rencontré quelque part. « Peut-être, pensa-t-il, au cours d'une des veillées funèbres des anciennes compagnes de chambre de Catherine. » Il lui lança des regards pendant toute la messe et il voyait de temps en temps un demi-sourire se former sur ses lèvres épaisses et mobiles. Il aurait voulu pouvoir tirer la manche de Catherine et lui faire comprendre qu'il avait besoin d'elle. Grâce à la mémoire rapide de son épouse, il aurait su qui était cet homme.

Duval détestait les problèmes non résolus, quels qu'ils soient. Il sentait que d'ici peu de temps, les gens allaient quitter l'église, aussi essayait-il de concentrer toute son attention sur ce quidam. Une faible odeur se dégageait de lui, qui rappela à Duval celle des hôpitaux. Un médecin, peut-être ? Un ami de l'infirmière morte, celle qu'on enterrait aujourd'hui ? Ou d'une des autres mortes ? Oui, quatre collègues infirmières de Catherine étaient déjà décédées, officiellement de *mort normale*.

Jean Duval était perturbé car, lorsqu'un problème se posait à lui, il aimait y réfléchir dans son bureau insonorisé et climatisé de la place Courtonne, à Caen. Le chœur, qui se trouvait près de l'harmonium, chantait, et le prêtre secouait un encensoir dont les volutes dominaient et détruisaient ceux émanant des vêtements du petit homme blond. Tandis que le prêtre et ses servants remontaient de la nef vers le chœur, Duval continuait à se demander s'il ne s'agissait pas d'un effet de son imagination.

Les porteurs du cordon du poêle – six *croque-morts* solennels et robustes – apportèrent le cercueil au pied de l'autel. À côté de lui, Catherine se mit à sangloter lorsqu'on emporta la bière vers la lumière des portes grandes ouvertes et que l'ordonnateur des pompes funèbres commença à inviter les gens à rejoindre leurs véhicules afin de se rendre au cimetière de la ville. Duval prit le bras de sa jeune femme et tous deux sortirent par le côté. Le petit homme blond les suivit.

Cela faisait plus d'un an que Catherine n'avait pas vu Marie. Même la nuit dernière, durant la veillée funèbre, elle n'avait pas pu la voir une dernière fois, le cercueil ayant été rapidement scellé. « Je ne les blâme pas, pensait Duval. Quatre jours dans l'eau… »

En ce qui le concerne, il n'avait rien éprouvé du tout, ni pendant la veillée funèbre ni pendant les obsèques. Il n'éprouvait jamais rien en pareil cas. À présent, il se demandait plutôt pourquoi Catherine était aussi émotive.

Il remarqua avec irritation que le petit homme blond ne les avait pas quittés : toujours légèrement souriant, il effleurait à présent le bras de Catherine Duval.

Catherine écarta le petit mouchoir avec lequel elle s'essuyait les joues. Les yeux encore humides, elle adressa un rapide sourire à l'homme qui retenait toute l'attention de son mari ; puis, elle s'exclama :

— Bonjour, monsieur Quobard.
Quobard baissa la tête et dit :
— C'est bien triste, oui, bien triste.
« Ce n'est pas un médecin, se dit Duval, sinon elle lui aurait donné du *docteur.* »
— Vous connaissez mon mari, je crois : Jean Duval.
M. Quobard était le fiancé de Julie Moreau, la victime d'un tueur encore inconnu.
Duval lui serra la main.
— Est-ce que, par hasard, vous allez au cimetière… ? interrogea Quobard.
— Oui, répondit Duval, mais nous avons notre voiture.
— C'est ce que je voulais vous demander, dit Quobard, s'adressant à Catherine. Pourriez-vous m'emmener ? car la pluie commence à tomber.
— Mais naturellement, répliqua Catherine, en lui prenant amicalement le bras.
De l'église au cimetière, il n'y avait pas loin. Cependant, Duval avait du mal à réprimer le froncement de sourcils que lui causait l'ennui de cette compagnie. Après l'enterrement, il devait rejoindre son bureau et, étant donné la manière dont les choses se présentaient, il était certain que Catherine proposerait volontiers de faire un détour pour conduire cet étranger à l'endroit qu'il lui indiquerait. Cela ne lui plairait pas car il avait du travail en retard.
Catherine lui avait immédiatement plu dès qu'il avait fait sa connaissance à l'hôpital de l'avenue de la Côte-de-Nacre, lors d'un banal contrôle médical. En

fait, il avait eu le coup de foudre ! Après dix années de mariage, Catherine était toujours aussi émotive et sentimentale, alors que Jean était en permanence guidé par un sens raisonné et raisonnable de l'ordre des convenances. Il avait estimé qu'il lui suffirait d'assister, ce matin, à la messe de funérailles. Mais Catherine avait insisté pour se rendre au cimetière.
Elle parlait avec volubilité à Quobard qui était assis sur le siège arrière de leur voiture, tandis que Duval, au volant de sa grosse Mercedes, prenait place dans le cortège. Le petit homme blond se pencha en avant pour lui offrir une cigarette qu'il refusa. Dans le rétroviseur, le conducteur vit que le sourire de son passager s'accentua lorsque Catherine en accepta une. Il décida que ce citoyen ne lui plaisait pas du tout.
Catherine bavardait sans effort avec Quobard, pendant que Duval suivait les voitures :
— Non, je ne me suis pas marié depuis la dernière fois que nous nous sommes vus, dit Quobard à Catherine. Oui, je travaille toujours comme représentant dans la même société de produits pharmaceutiques et je visite encore les médecins de la région.
« Il n'a donc qu'un emploi subalterne, pensa Duval. Simple représentant à son âge ! Il n'a pas réussi dans la vie ! »
Les pensées de Jean Duval ne dissuadèrent pas Catherine de poser, pleine de sympathie, l'une de ses mains sur celles du petit homme blond.

— Il faut que vous oubliez Julie, voyez-vous. Vous rencontrerez un de ces jours une autre femme aussi gentille qu'elle. Attendez et vous verrez.

Duval se dit qu'il n'avait jamais eu besoin d'être rassuré par personne. Déjà, pendant son célibat prolongé – il s'était marié à quarante-quatre ans –, il avait été certain qu'il épouserait une femme aussi désirable que Catherine, de même qu'il avait toujours été certain de devenir riche. La femme viendrait après la fortune. Il était effectivement riche, comme principal actionnaire d'une des plus grosses compagnies d'assurance du Grand Ouest, qu'il dirigeait depuis quelques années. Il avait aujourd'hui cinquante-quatre ans. Sa femme, trente-cinq.

Une sagesse un tant soit peu cynique constituait le second article de foi de Jean Duval. Le premier était la certitude que le travail et la logique des chiffres lui apporteraient tout ce qu'il attendait de la vie.

L'arithmétique était la religion de Duval et la logique, son dogme. Ses principes l'avaient aidé à passer au travers de tous les orages et de tous les doutes de sa profession. C'était vers les chiffres et les calculs de probabilités qu'il se tournait quand il avait besoin de force. Prenons, par exemple, la question de la fidélité de Catherine à son égard ou celle de la mort de ses anciennes compagnes de chambre, à l'école de soins infirmiers de Caen…

Le pauvre cadavre, probablement encore gonflé d'eau, qui se trouvait dans le corbillard était la quatrième des anciennes compagnes d'hôpital de Catherine qui mourait en l'espace de deux ans. C'était toutes des jeunes femmes, au-dessous de quarante ans. Il y en avait même eu six, si l'on comptait la première, qui avait disparu des années auparavant. L'infirmière dont Catherine disait « celle qui a eu cet horrible accident ».

Duval se souvenait de la consternation de Catherine, l'été dernier, quand elle avait parlé de la vitesse à laquelle mouraient toutes ses camarades de travail. Quelques amis étaient venus passer un week-end dans leur maison cossue du quartier du jardin des plantes, à Caen. C'était pour la plupart des directeurs de sociétés commerciales ou industrielles, accompagnés de leurs épouses. Il y avait aussi Bertrand Lemoine, un jeune plein d'avenir, chef du service contentieux de la compagnie d'assurances dirigée par Jean Duval.

Duval se rappelait comme il s'était amusé, en évoquant les décès des amies de sa femme ; il souriait en son for intérieur en y repensant. Il trouvait surprenant que ces patrons de sociétés dont certaines étaient cotées au CAC 40 étaient incapables de suivre les calculs de probabilités les plus simples. Lemoine, par contre, n'était pas à la traîne sur cette question ; il n'hésita pas à dire :

— N'êtes-vous pas du tout inquiet ? Trois des camarades de Catherine sont mortes. Supposez un instant que quelque chose lui arrive, à elle.

Duval lui avait adressé un sourire indulgent et lui répondit :

— Cette réflexion ne vous paraît-elle pas ridicule venant d'un homme qui travaille dans les assurances ? Et, de plus, en qualité de chef du service du contentieux ? Et si par exemple ces trois femmes étaient mortes du cancer, est-ce que ça augmenterait en quoi que ce soit les risques de Catherine de mourir du cancer ?

— Mais elles sont mortes de mort violente ! répliqua Lemoine. La première est morte brûlée. Les deux autres ont été écrasées par des chauffards.

— Et alors ? interrogea Duval. C'est simplement une série de coïncidences. Assez extraordinaire, bien sûr, mais l'extraordinaire arrive parfois dans la vie.

Duval jeta un regard circulaire sur l'assistance et continua :

— Leur mort n'altère en rien les chances qu'a Catherine de vivre jusqu'à un âge avancé. C'est comme si l'on disait qu'on a plus de chance à gagner en misant sur le rouge à la roulette du casino de Cabourg parce que cette couleur est sortie cinq fois de suite. En fait, les chances pour que le rouge sorte au prochain tour sont toujours les mêmes.

Duval sourit, tout heureux d'avoir eu l'occasion de faire une réflexion péremptoire qui laissa sans voix son auditoire, sauf Catherine qui lui déclara :
— Tu tires des conclusions en raisonnant à partir d'un exemple trop simple.
Finalement, tout le monde se mit à rire. Mais Lemoine, en aparté, dit à son patron :
— Et vous n'êtes pas inquiet ?
Ensuite, Lemoine garda le silence, mais non sans avoir jeté un regard effrayé à Catherine.
Dans un premier temps, Duval estimait que cette conversation avait été ridicule, qu'elle était un exemple dont les penseurs indisciplinés tirent des conclusions hâtives en partant de faits nullement probants. D'habitude, il ne laissait jamais ni son raisonnement ni ses émotions s'emballer de la sorte, à l'instar de son collaborateur.
Il les contrôlait toujours. Ainsi, en ce qui concerne la fidélité conjugale de son épouse, il se fiait aux études statistiques. Catherine avait dix-neuf ans de plus que lui. N'était-il pas plus que naturel d'envisager qu'un jour elle prendrait un amant ?
Dès lors, Jean Duval avait mis sa superbe en berne et était allé voir, il y a quelques jours, un détective privé, une *pointure* du métier, qu'il avait informé des disparitions violentes des collègues de son épouse.
David Tchapaïeff était russe par son père et français par sa mère. Ses arrière-grands-parents paternels, originaires de Moscou, avaient émigré dans la région

caennaise dans les années vingt, fuyant la révolution bolchevique, et obtenu la nationalité française. Son grand-père paternel, né en Normandie, sur le plateau de Colombelles, avait épousé une Russe de sang, ayant également vu le jour sur la belle terre normande. Quant à sa mère, elle était originaire de Caen. Tchapaïeff avait fait de solides études secondaires puis universitaires (doctorat en droit), avant de servir dans les parachutistes pendant trois années, à Pau, avec le grade de lieutenant. À l'issue, il avait intégré la gendarmerie nationale dans laquelle il servit pendant vingt-deux ans, en particulier dans des unités spécialisées en police judiciaire (brigade de recherches, brigade départementale de rapprochements et d'investigations judiciaires, section de recherches), dans la région parisienne et en Normandie. Ayant atteint le grade de lieutenant-colonel et exerçant le commandement de la section de recherches de Caen, il avait décidé d'écourter sa carrière, à quarante-cinq ans, et de travailler pour son propre compte. Il était devenu un détective privé très demandé, aussi bien auprès des décideurs économiques que des particuliers. Son volume d'affaires annuel étant tellement important qu'il était souvent contraint de refuser des enquêtes. Le départ de la gendarmerie de ce gaillard d'un mètre quatre-vingt-dix, amateur de boxe et de football, fut fortement regretté, tant de la part de ses anciens chefs que des magistrats.

Original, Tchapaïeff avait décidé de ne pas disposer d'un local d'enquêteur privé : il recevait ses clients dans un bar à l'ambiance feutrée, celui du Grand Hôtel de Cabourg. Si nécessaire, le directeur du prestigieux établissement mettait à sa disposition un salon privé. Ainsi, il économisait un loyer. Son bureau se limitait à un ordinateur portable et à un téléphone mobile. Par contre, son véhicule, un trafic Renault de dernière génération aux vitres teintées, était suffisamment vaste pour accueillir tous les matériels dont il avait besoin pour l'exercice de sa profession, mais également pour lui servir de *sous-marin*.
Assurément, Tchapaïeff était une *pointure* d'enquêteur. Au Pays basque et en Corse, il avait obtenu de remarquables résultats dans la lutte anti-terroriste et s'était distingué lors d'une affectation, pendant quatre années, à la DGSE (les services secrets français). Jean Duval ne pouvait pas trouver mieux pour protéger son épouse Catherine. Cela avait certes un coût : 300 euros par jour, plus les frais. Mais quand on aime, on ne compte pas.

Duval observait Catherine pendant que les employés des pompes funèbres descendaient le cercueil dans la tombe. Son visage devint blanc comme un linge ; elle se mordit les lèvres, mais elle ne versa aucune larme. Il semblait qu'elle avait dépassé le stade des pleurs quand elle était entrée dans le cimetière.

Tout d'un coup, Duval reprit ses mauvaises pensées relatives à la fidélité de sa femme. Il la soupçonnait, sans bien savoir pourquoi, de l'avoir déjà trompé. Dans le secret de son cœur, il était satisfait qu'elle ne lui eût jamais donné l'ombre d'une preuve.

Après la triste cérémonie funèbre, chaque participant rejoignit son véhicule. Duval, tout en pensant au travail qui l'attendait à son bureau, se souvint de Quobard :

— Monsieur… où pouvons-nous vous déposer ?

— N'importe où. J'ai pris un congé pour le reste de la journée.

« L'idiot ! pensa Duval, il n'est même pas capable de décider où il veut aller ! »

— Je ramène la voiture à mon bureau, dit brièvement Duval, poursuivi par le visage pâle et inquiet de Catherine. Je la laisse là-bas et ensuite, Mme Duval prendra un taxi pour rentrer chez elle. On vous laissera donc à l'endroit que vous voudrez.

Quobard leva ses sourcils interrogativement :

— Vous ne conduisez pas ? demanda-t-il à Catherine.

Elle secoua négativement la tête.

— Alors, puis-je faire une suggestion ? Pourrais-je vous ramener chez vous dans cette belle voiture ? En plus, cela éviterait des complications à votre mari.

« Il ne manque pas de toupet ! », se dit Duval.

Mais Catherine, ayant retrouvé sa gaieté instantanément, eut un large sourire et coupa l'herbe sous le pied à son mari :

— Formidable ! C'est formidable !

Déconfis, Duval ne put que répondre :

— C'est gentil de votre part.

Parvenu place Courtonne, Duval embrassa sa femme et remit les clés de sa voiture à Quobard.

Un épais dossier contenant des rapports sur les biens immobiliers que possédait sa compagnie d'assurances sur le territoire national attendait sur son bureau. Duval s'en détourna, en proie à une bizarre paresse. Il resta longtemps debout, devant la fenêtre, admirant la vue panoramique sur le port et surveillant un vieux voilier à quai.

C'était son bureau depuis 1980 et il avait travaillé vingt ans pour parvenir à s'y installer. Un tiers de sa vie s'était écoulé dans cet immeuble. Il n'avait pas eu d'ulcère et il se rappela avec plaisir qu'il se trouvait dans un âge où des maladies cardiaques pouvaient survenir, mais qu'il n'avait eu la moindre crise. Dans quinze ans, il envisageait de prendre sa retraite. Catherine aurait alors la cinquantaine : elle serait une épouse obéissante et peut-être astucieusement infidèle. Il avait tout ce qu'il désirait.

Duval marchait en rond autour de l'épais tapis persan qui couvrait le sol de son bureau. Il était irrité et ne pouvait se décider à attaquer son travail. Quelque chose qui s'était passé aujourd'hui l'agaçait : on eût dit le signal avertisseur d'un danger. Il appela donc Tchapaïeff et le pria de venir à son bureau de la place Courtonne pour faire le point sur l'enquête qu'il lui avait confiée.

David Tchapaïeff arriva au bureau de Duval en début de soirée. Comme ce dernier le constata, il n'avait pas perdu son temps. Il avait commencé à enquêter sur Franck Quobard : l'intéressé était originaire d'Espagne et le dernier survivant d'une famille juive disparue dans les prisons de Franco. En recevant la nationalité française sur sa demande, son patronyme avait été francisé. Ancien maire d'Étretat, il ne put finir son mandat, tellement il avait indisposé ses administrés et les membres de son conseil municipal par une gestion farfelue des affaires de la commune. Il fut, en effet, renversé par ses collègues, avec la complicité d'un de ses adjoints, particulièrement fourbe, un certain Andréa Brénec. Quobard avait alors décidé de s'installer, en 1999, à Caen. Depuis cette date, il demeurait rue Saint-Jean et exerçait la profession de visiteur médical pour le compte de la société Médic. Son casier judiciaire était vierge et il n'avait pas attiré défavorablement l'attention de la police ou de la gendarmerie. Tchapaïeff, cependant, le faisait surveiller vingt-quatre sur vingt-quatre par trois de ses adjoints qui se relayaient pour cette délicate mission.

En ce qui concerne Marie Ledru, le détective lui fit le rapport suivant :

— Cette jeune fille qu'on venait d'enterrer, en principe, était tombée du ferry qui la ramenait de Southampton, en Grande-Bretagne. Si la compagnie d'assurance de Brittany Ferries avale cette couleuvre, ce sont des idiots et des idiots criminels.

C'est aussi ce qu'estiment les gendarmes d'Ouistreham que j'ai rencontrés. Pour eux, comme pour moi, personne ne tombe du ferry sans avoir été poussé.
Tchapaïeff poursuivit son compte-rendu :
— Six jeunes filles se virent attribuer un appartement commun par le directeur des ressources humaines de l'hôpital : l'une s'était suicidée ; les deux autres, qui s'étaient liées d'amitié, furent écrasées sur la route de Rouen, la RN 175, à proximité de Troarn, par un chauffard qui ne fut jamais arrêté. Une quatrième mourut dans son lit par les mains d'un étrangleur qu'on ne retrouva jamais non plus. Le mari avait été un temps soupçonné et mis en garde à vue. Mais la police caennaise n'avait pas relevé de preuves contre lui… Pour la première victime, ce n'était, d'après les enquêteurs, qu'un accident tragique et imprévisible. À l'occasion d'un jeu stupide, l'une de ses amies (sans que l'on sache exactement laquelle), qui partageait l'appartement avec elle, l'avait bêtement aspergée d'éther. Les jeunes femmes n'avaient pas remarqué que leur amie, une certaine Marguerite Langlois, tenait entre ses doigts une cigarette allumée. L'éther s'était instantanément enflammé et la pauvre fille était morte brûlée vive. Un tragique, un horrible accident. Le fiancé de cette Marguerite, à cette époque, était Franck Quobard.
Duval arrêta le récit du détective pour lui dire :
— De l'éther ? Cette légère odeur qui se dégageait de Quobard quand il était dans l'église de

Colombelles ! Cette odeur qui avait triomphé sur celle de l'encens ! Cette odeur m'avait rappelé celle qui flotte toujours dans l'air d'un hôpital... Cela aurait pu être... de l'éther !
Tout d'un coup, Duval sentit son cœur battre la chamade et il déclara :
— Non, ce n'est pas possible. Pour que mon hypothèse soit valable, il faudrait que Quobard soit une espèce de maniaque de la vengeance, sorti d'un mauvais roman policier, prêt à tuer Catherine. Non, il y a sûrement une autre explication, sinon Quobard serait le meurtrier des quatre jeunes femmes. Il aurait fallu qu'il soit amoureux fou de la première victime. Mais, au fait, vous m'avez bien dit qu'il était son fiancé ?
— Si, et c'est ce qui m'inquiète. J'ai bien fait de le faire surveiller par mes adjoints, répondit Tchapaïeff.
— Que m'a raconté Catherine au sujet de cette Marguerite ? reprit Duval. Ah oui ! Elle était timide, peu communicative et en butte aux taquineries de ses amies. Elle était fiancée à un garçon que les autres jeunes femmes n'avaient jamais rencontré.
Duval se laissa tomber sur une chaise ; sa mémoire travaillait à toute allure :
— Le fiancé ? Il était originaire d'Espagne. Le dernier survivant d'une famille juive qui avait disparu dans les prisons de Franco. C'est quand même insuffisant pour déranger un cerveau ! Qu'en pensez-vous, Tchapaïeff ?

— Voir sa fiancée mourir par la bêtise d'un petit groupe de jeunes femmes pourrait l'avoir incité à se lancer dans une folle vengeance contre ces mêmes personnes, suggéra le détective.
Duval se souvint du léger accent de Franck Quobard et la panique le saisit. Il tendit la main pour décrocher le téléphone qui était sur son bureau, tout en parlant à Tchapaïeff :
— Un Français d'origine espagnole. Mais Quobard est blond. Un Espagnol blond ?
— Il y a beaucoup d'Espagnols qui ont des cheveux blonds et le teint pâle, confirma le détective.
— Oui, suis-je stupide, dit Duval. Allons, c'est possible, bien sûr. Mais quelque chose paraît peu plausible : un individu aux cheveux blonds, d'origine espagnole, rendu fou par un homicide involontaire ! Mais comment expliquer l'odeur d'éther répandue sur lui ?
Duval jeta un œil sur son téléphone. Il pouvait appeler Catherine à leur domicile, maintenant. Il voulait entrer en communication téléphonique avec elle. Mais pour la prévenir de quoi ? Qu'un fou avec une bouteille d'éther dans sa poche avait l'intention de la tuer ? Soudain, Duval se souvint en frissonnant du sourire énigmatique de Quobard, lorsque Catherine avait accepté sa cigarette, dans la voiture, sur le chemin du retour des funérailles de Marie Ledru. Il se sentait ébranlé. Il se rendait compte qu'il avait les mains moites, des gouttes de sueur sur la lèvre supérieure et un léger tremblement dans une jambe.

Ses nerfs allaient-ils lâcher ? Perdait-il le contrôle de lui-même ?
Tout d'un coup, le téléphone sonna : c'était un adjoint de Tchapaïeff.
— Monsieur Duval ? C'est Morel. Vous entendez les sirènes ? Il faut que je vous le dise !...
— Quoi ? Me dire quoi ?
— Il y a eu un incendie terrible dans votre appartement, monsieur Duval !
— Qu'est-ce que vous dites ?
— Votre appartement est en feu, mais votre femme est saine et sauve ! Et j'ai arrêté l'incendiaire ! Vos soupçons étaient justifiés : c'est Franck Quobard !
Dès lors, la machine judiciaire s'emballa. L'antenne PJ de Caen du SRPJ de Rouen fut saisie. Avec les éléments fournis par David Tchapaïeff, la justice n'eut pas de mal à condamner à la réclusion criminelle à perpétuité Franck Quobard. De nombreuses personnes se souviennent encore de cette pénible affaire judiciaire qui confirma l'excellente réputation de Tchapaïeff comme détective privé.

Du même auteur

Femmes de la Résistance, 1940-1945, préface d'Odile de Vasselot, Éditions du Rocher, collection « Histoire », 2020.

Les Premiers Francs-maçons face à la répression policière, Éditions du Rocher, collection « Histoire », 2018.

Ces Français qui ont collaboré avec le IIIe Reich, préface de Gilles Perrault, Éditions du Rocher, collection « Histoire », 2016.

La Franc-maçonnerie au cœur de la République de 1870 à nos jours, Éditions De Borée (réédition), collection « Histoire et documents », 2016.

Saint Paul le missionnaire, Pierre Téqui Editeur, collection « Les saints du monde », 2015.

Chronique d'une libération, Paris et sa banlieue, 19-31 août 1944, Éditions De Borée, collection « Histoire et documents », 2014.

Pas de pitié pour les bouffons ! Chronique d'une bande de malfaiteurs normands, Éditions Charles Corlet, collection « Littérature », 2012.

La Guerre de Cent ans en Normandie, l'histoire d'un grand massacre, Éditions Charles Corlet, 2011.

Saint Paul, son histoire et sa théologie, Éditions Arsis, 2008.

Alphonse Allais de A à Z, ses farces, ses pensées et maximes, ses inventions, préface de Pierre Douglas, Éditions Lucien Souny, 2008. Prix de l'humour de l'académie Alphonse-Allais.

Les Scandales de la IIIe République, Safed Éditions, 2007.

Zola et l'affaire Dreyfus, l'histoire d'un double crime, Éditions Cheminements, collection « Mémoire », 2007.

On a assassiné Zola ! La Piste normande. J'accuse !, Éditions Bertout, 2005.

Moines francs-maçons du pays de Caux, préface de Jean Recher, Éditions Bertout, 2004. Prix Guy-de-Maupassant.

Saint Vincent de Paul contre les pirates barbaresques, Éditions Bertout, 2001.

Guy de Maupassant « fils » de Flaubert, Éditions Bertout, 2000, préface de Claude Santelli. Prix de l'Académie des sciences, arts et belles-lettres de Caen.

Les Farces du Normand Alphonse Allais, Éditions Bertout, 2000.

La Franc-maçonnerie française, 1720-1750, une naissance tumultueuse, préface de Jean-Pierre Soissons, Éditions Maître Jacques, 2000.

Vidocq contre les chauffeurs de la Somme, Éditions Bertout, collection « La mémoire normande », 1999.

L'Affaire Bernadette Soubirous, l'enquête de 1858, préface de Paul Guth, Éditions du Cerf/Médiaspaul, collection « Histoire à vif », 1997. Grand prix des Écrivains de France.

Gendarmes FFI de l'Île-de-France, chronique d'une libération, préface du général Henri Bagnouls, Éditions Bertout, 1994.

Table des matières

Avertissement 5

01 La célèbre extra-lucide Marie-Anne Lenormand 7
02 L'affaire Alexandre Lejeune 17
03 Les trésors cachés 27
04 Le sorcier des marécages 37
05 L'incendiaire aux deux molaires manquantes 43
06 Le cadavre écorché 51
07 L'agriculteur envoûté 55
08 La Bible du tapissier de Bayeux 61
09 La pomme de Gabrielle 67
10 La main verte de Thérèse 75
11 La sorcière et l'écolière 79
12 L'assassinat du sorcier d'Hesloup 85
13 La pie de Roger 95
14 Les esprits frappeurs 99
15 Un garde-chasse trop zélé 103
16 La messe noire 109
17 Notre-Dame de l'Huis-Ouvert 113
18 L'accident de chasse 117
19 L'esprit protecteur 123
20 La main du baron 129
21 Les fantômes préhistoriques 137
22 Les envoûtés du pays d'Auge 143
23 La ferme hantée 149

24 La sorcière de La Haye-du-Puits 157
25 Un amour indestructible 163
26 L'exorciste 167
27 Le diagnostic du radiesthésiste 171
28 La locataire démoniaque 175
29 La promesse 179
30 Les bijoux de Germaine 181
31 La main du diable 187
32 Les cendres du vicomte 191
33 Le marabout de Fécamp 195
34 La pompe à bicyclette 201
35 Le chat noir 207
36 Le retour d'affection 211
37 Les voisins ensorceleurs 215
38 La ressemblance incroyable 221
39 Une œuvre d'art incomparable 227
40 Le blasphème du docteur 237
41 Treize à table 239
42 La vieille lady d'Honfleur 243
43 Le Père Raoul 247
44 La trouvaille diabolique 251
45 La poursuite infernale 255
46 Le cadavre du conduit de cheminée 261
47 Deux cadavres découverts dans une baignoire 269
48 Une sordide vengeance 275

Du même auteur 295

Visuel de couverture : Adobe Stock - simone_n.

OREP Éditions, Zone tertiaire de Nonant, 14400 BAYEUX
Tél. : 02 31 51 81 31 - Fax : 02 31 51 81 32
E-mail : info@orepeditions.com - Site internet : www.orepeditions.com
Éditeur : Grégory PIQUE - Conception : Éditions OREP
Coordination éditoriale : Sophie LAJOYE
Graphisme et mise en pages : Antoine SALMON

ISBN : 978-2-8151-0610-8